# ことづて屋

濱野京子

ポプラ文庫ピュアフル

ことづて屋　もくじ

# ことづて屋

# チョコブラウン

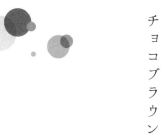

恵介《けいすけ》は怒っていた。その上、いらだってもいた。もっとも、こうして津多恵《つたえ》と二人でいる時に、怒ったりいらだったりするのは、そう珍しいことではないけれど。

目的の駅に着く十分ほど前から、まったく口をきかなくなってしまった恵介に、津多恵がおずおずと話しかける。

「あの、大迫《おおさこ》さん、駅に着きましたけど」

降り立ったことのない駅だ。津多恵が一人で歩けるはずもないのに。やがて、津多恵が手にしていた地図と住所を記したメモ書きをひったくると、恵介が歩き出す。津多恵は慌ててあとを追った。追いついて横に並びかけた津多恵を、恵介はぎろっと睨《ね》めつけた。

「アポイントを取ってないって、どういうことだよ。近場じゃねえんだぞ」

「いえ、あの、一度は電話してみたのですが、応答がなくて……」

「出なかった？　だったら、いるかどうかわかんねえだろ」

「たぶん、いるんじゃないかな、と……」

「根拠は！」

尖《とが》った声で問い詰められて、

「何となく」

と答える。恵介はわざとらしく肩で息を吐《つ》くと、急に足を速めたので、小走りになって追いかける。

地図を片手に迷いなく進む恵介を見て、これが同じ人間なのだろうかと、思う。津多恵は、行く先の方向に合わせて地図をぐるぐる回し、目印となる建物などを何度も確認してから歩き出す。それでも、迷う。

今日の目的地までは、駅から徒歩十五分と、ネットで検索した地図のサイトが教えてくれていた。道はほとんど上り坂だった。そんなことは地図を見ただけではわからなかったと思い、わかったところで、一人で行けるわけではないと思いなおす。道を何度か折れた今、ここで置き去りにされたら、無事に帰り着くのも困難だろう。

津多恵は、無類の方向音痴だった。だから、こうして恵介が先を歩いて連れていってくれるのであれば、多少の悪口雑言は、甘んじて受けるしかない。

坂が急になった。上りきったところで、恵介が立ち止まる。荒い息を吐きながら、恵介を見上げると、顎《あご》をしゃくった。もう、いらだちは感じられない。不機嫌が長続きしないのが恵介のいいところだと思いながら、津多恵は振り返った。

「わあ……」

西に傾きかけた太陽が、海に照りかえってぎらぎらと輝いていた。

海を望める高台に建つその家は、こぢんまりとした平屋建てだった。あたりは住宅地のようで、都心に比べればいくぶん大きな構えの一戸建ての家が点在している。そんな中にあって、この家の小ささは際立っていた。

門の脇に、白いプランターが幾つか置かれていたが、乾いた土の上を彩る花はなかった。小さな庭には、桃の木が一本。早咲きの種なのか、つぼみがだいぶ大きく膨《ふく》らんで、枝先が点々と濃い桃色に変わっている。

敷石を踏みながら、津多恵は歩みを止めて振り返り、またはるかな海に目を転じる。少し前を歩いていた恵介も、なぜか同じタイミングで立ち止まって振り返ると、のんびりとした口調で言った。

「大海原《おおうなばら》、だな」

津多恵は小さく頷《うなず》いた。凪《なぎ》なのか、海は穏《おだ》やかに見えた。眼下に広がるのは、もともとは多くの海沿いの町に見られる、ありふれた光景だったのかもしれない。

別の高台の中腹あたりに、大きな建物が見えた。あの造りは、おそらく学校だろう。そういえば、ここまで来る途中、ランドセルを背負って下校する小学生の集団を見かけた。

玄関チャイムを鳴らしたのは恵介だった。だが、しばらく待っても、だれも出てこなかった。

「いねえんじゃねえの、やっぱし。三時間かけて、無駄足かよ」

と言いながらも、恵介が再びチャイムを押す。ややせわしげに二度続けて。何だってこの男は、こんなに気ぜわしいのだろうか。その上怒りっぽくて気分屋だ。とはいえ、今の津多恵の仕事には、すでに欠かせない存在となっていることは、認めざるを得ない。

カーテンは閉まっているし、人がいるという気配は感じられなかった。

「だからあ、アポイント取れって言ってんだよ！　ったく、こんなとこまで来て」

それには答えず、津多恵はチャイムを押した。やがて、わずかな物音が耳に届く。それを恵介も感じ取ったのだろう。吐き捨てるような調子でつぶやく。

「居留守だったのかよ。なんか、むかつく」

だからといって、なんで自分が睨《にら》みつけられなければならないのかと思ったが、言うだけ無駄だろう。ドアホン越しに息づかいがして、すぐに、細い女性の声が耳に届く。

「あの、どちらさま……」

だが、それにかぶさるように、荒っぽい声音が細い声を消してしまった。

「セールスならお断りだ！　帰ってくれ！」

「違います」

慌てて津多恵が言った。

「よけいなものを売りつけられるのは、ごめんだからな。とっとと帰れ！」

「セールスではありません。大切なお話があるんです」

答えはなく、プツッと音がすると、ドアホンが切られてしまった。

「なんか今日のお客さん、やっかいだな」

と、恵介は眉を寄せてみせたが、たぶんどこかで面白がっている。これから、津多恵がどのようにして、この家の扉を開けさせるのかを楽しんでいるのだ。

――ママの名前は高瀬栄美《たかせえみ》。パパの名前は淳一《じゅんいち》……。

ふと、声がよみがえった。それに力を得たかのように、津多恵は、ゆっくりと言った。

「高瀬栄美さんに、お嬢さまの花音《かのん》さんからの、言伝《ことづ》てを預かっています」

「んなこと言ったたって、聞こえねえよ」

せせら笑うように恵介が言うのを無視して、津多恵はもう一度、同じ言葉を静かな口調で繰り返す。答えはない。が、津多恵はドアの前に立ち続けた。

どれくらい時間が経ったろう。恵介が海に目を転じて、門の近くまで歩き、桃の木に手をさしのべてゆっくりと玄関に戻ってくるくらいの間。

やがて、ドアが細く開いた。戸口から顔を見せたのが高瀬栄美なのだろう。チェーンはかけたままだ。その後ろに、鼻から上半分だけのぞかせた、いかつい顔の男が見えた。それが夫の淳一であることは、間違いなさそうだ。

「どちらさまですか?」

栄美が、眉を寄せながら聞く。相手の、いかにも胡散臭《うさんくさ》そうに見る目つきに、まあ、しょうがないだろうな、と津多恵は思った。突然現れた自分たちは、どこか怪しげな、男女の二人組にしか見えないだろう。それでも、今日の津多恵のコスプレは悪くないと思う。ファーのついたベージュのポンチョコートの中は、ガーリーな白いワンピース。清楚で親しみやすく、けれども、ぎりぎりのところで子どもっぽさを排した装い。髪はきちんと頭の後ろで編み込んでおり、乱れはない。恵介名づけるところの「児童劇もしくは映画鑑賞会に園児を引率する幼稚園の先生風」。

問題は恵介の方だ。人にこんなかっこうをさせるならば、せめてもう少し、津多恵に合わせた装いをしてほしいと思う。しかし、いつだって自分のスタイルをくずすことは——着くずしているのだけれど——ないその格好の評価は、四十歳ぐらいを境として、「カッコイイ」と「だらしない」にきっぱり分かれそうだ。つまり、年上世代には嫌われそうな、どこか、いや、かなりナンパな装いと茶髪のロン毛。けれど、津多恵がそれに文句の一つもつけようものなら、何十倍の言葉でやり込められる。

そして最後に言うことは、決まっている。——おれはただのつきそい。

だったら、ここから先は、一人で行かせてほしいとも思うのだが、といって先に帰られでもしたら、結局自分が困ることになるのはわかりきっているから、何も言えない。

津多恵は、ドアの隙間からのぞく栄美に、名刺を差し出しながら、もう一度言った。

「お嬢さまの花音さんから、言伝てをお預かりしております」

栄美はいぶかしげな目を向けた。持ち主が思うのもなんだが、渡した名刺も、見るからにいかがわしい。

その名刺には、紫に近い濃いピンクの勘亭流《かんていりゅう》の文字で、

「**ことづて屋　山門津多恵**」


と記してあった。名前の下には、「お伝え料　一万円〜」の文字。

恵介に言われて名刺なんか持ち歩くことにしたのが、ばかみたいに思えてくる。もっとも、この名刺をパソコンで作ったのも、恵介なのだが。せめてもう少しおとなしい名刺ならばと思うけれども、作った本人はいたく気に入っているようだ。もとよりパソコンもろくに扱えない津多恵には、名刺など作りようもないのだから、諦《あきら》めるしかない。

栄美は、しばらくの間、津多恵の名刺をぼんやりと見つめていた。でも、津多恵にはわかっている。花音の名前を聞いてしまったら、結局のところ、そのままにはできないということが。果たして、栄美はいったん閉めてから、チェーンを外し、緩慢《かんまん》な手つきでドアを押し開いた。それから、夫を伴って玄関の外に出ると、後ろ手にドアを閉めた。

最初に口を開いたのは、淳一だった。

「失礼だが、花音のことをご存じで？」

問われた津多恵は、しかたなしに、いいえ、と首を振る。

「ただ、花音さんから、お母さまの、高瀬栄美さんにお伝えしてほしいとのことでしたので」

相手の眉間《みけん》の皺《しわ》が深くなった。

「花音は、一年前に亡くなりました」

感情を排した淳一の言葉。けれど、栄美の方は、今にも泣きそうな顔だ。愛娘を失った悲しみから立ち直るには、一年は短すぎる。

「はい、存じ上げております」

と、神妙な顔で津多恵は言った。

「いったいいつ、花音があなたに言伝てをお願いしたというの？」

声を震わせながら栄美が問う。

「それは……一週間ほど、前ですが」

「ふざけるな！　とっとと失せろ！」

淳一がいきなり怒鳴った。

「そんなに大きな声を出さなくてもいいだろ。山門《やまと》津多恵は、ただの人じゃないんだよ。

「この人はね、」

津多恵は急いで口をはさむ。

「大迫さんは黙っていてください」

しかたないという風に恵介は口をつぐむが、淳一の目はまだ恵介に向いている。

「あんたはだれだね」

「おれは、こいつ……この人の、ただのつきそいっていうか」

「仕事は？」

「それ、関係ねえし」

「人に言えないような、ろくでもないことをやってるのか。いい若いもんがちゃらちゃらした格好で」

そんな売り言葉は、買わずにいられない恵介だ。

「そう。ろくでもない、ただの美容師ですよ。なんなら髪を切ってさしあげましょうか。五歳ぐらいは若返らせてみせますよ」

睨み合う男二人を、とりあえず無視して、津多恵は栄美を見つめる。自分が話さなければならない相手は、淳一ではない。花音の母親である栄美なのだ。

「あの。花音さん……花音ちゃんが、どうしてもママに、伝えてほしいのと、わたしに、そう言うのです。わたしには、それをお伝えするしか、それしかできないもので……」

津多恵はおずおずと言った。

「それは、いったいどういうことですか？」

「だからあ、山門津多恵は、あっちの人の声を聞けるんですよ！」

あっちとは、と言わんばかりに、恵介は、指を一本立てて、空を差す。

「ばかいえ。そんなことがあるわけないだろ」

「ばかなものか。おれ自身が体験済みなんだから」

啖呵《たんか》を切るように言う恵介は、存外真剣。そう、いつもは意地悪いことばかり言う恵介だが、この時だけは真面目《まじめ》だ。――あんたの不思議な能力を証明するのに、おれほど相応《ふさわ》しいやつ、いねえし。ってか、そのためにこそ、つきあってやってるんだし。

この、つきあうという言葉には、もちろん男女としての意味は無縁だ。それはさておき、協力者としての恵介の強引さを得たことで、津多恵の仕事はかなり仕事らしくはなった。何度かは、かえって場を険悪なムードにしたこともあったけれど。

時には、津多恵の前に出て、懸命に語りかける。――このおれが、実際に死者からの言伝てをこの人から聞いたんだから。と、いくら真面目に言ったところで、普通は、はあ？と首を傾げられるばかりだ。けれど、面白いことに、胡散臭い人間が真面目に胡散臭いことを述べる方が、真面目な人間が真面目に胡散臭いことを述べるよりも、説得力を持つというのもたしかなのだ。もちろん、それは多少というレベルで、ここから先は、津多恵自身の仕事であることに、変わりはない。

だから津多恵は、恵介の啖呵は黙殺して、なおも栄美を見る。

「花音が、あなたに、言伝てって、いったい何を……」

蒼白の顔。唇が微《かす》かに震えているが、栄美は津多恵の言葉を信じたがっている。

「ばか、相手にするな。でたらめに決まってる。どうせインチキ宗教かなんかだろう」

「違いますよ」

と、恵介が口をはさむ。

「違うもんか。おまえらは、いったい、栄美に何を売りつけるつもりだ？　ええ？　人の不幸につけ込んで、まっとうな人間のすることじゃないぞ」

「あなた……」

栄美が淳一を見上げて、眉を八の字に寄せる。それから、改めて、津多恵が渡した名刺に目を落とした。それを淳一が奪い取って見た。とたんに、眉尻が二センチぐらい上がったように見えた。

「何だ、これは？〈お伝え料、一万円から〉、とは！」

次に続く言葉は、他人の不幸をタネに、金を取るのか、とかなんとか。そこで、恵介が間髪を容《い》れずに声をあげる。しかも、相手に負けないくらいの大きな声。

「申し訳ありませんね。しかし、こっちも生きてかなきゃなんないんですよ！　手間暇かけて、わざわざ来てるんだ」

　一瞬、淳一はたじろいだが、すぐに、忌々《いまいま》しそうに口を開いた。

「要するに、霊能者とか、そういう類《たぐ》いってわけか？　テレビなんかでやっている前世だの来世だの、ばからしい。おれはあの手のものが大嫌いなんだ。くだらない見世物だ。そんなのに用はない。とっとと帰れ」

「ちょっとお待ちを。おれだって、霊能者とかって信じちゃいませんよ。おっしゃるとおり、あんなのはインチキばかりです。テレビっていうのは、まあ、ショーみたいなもんで。ただね、この人は違うんだ。やむなくやってるんだ。ボランティアみたいなもんですよ」

「ボランティアで金取るのか。何のかんのといって、金を巻き上げる、そういう手法なんだろう。このペテン師が」

「ペテン師はないだろ」

　津多恵は慌てて、恵介の腕を引いた。

「大迫さん、もうやめてください」

　これで相手を怒らせて、警察に通報でもされたりしたら面倒なことになる。だが、恵介は、そう簡単には矛《ほこ》を収めなかった。

「善意でこんなとこまでやってきたのに、ペテン師よばわりはないだろ。一万円ったってね、二人の交通費でおおかた無くなっちまう。割に合うわけねえし。どうせインチキやるんなら、御札《おふだ》か壺でも売りつけますよ。桁《けた》が二つぐらい上のね。ペテン師や詐欺師が、一万なんてケチくさい値段設定しますかね」

さすがに、淳一は言葉に詰まった。言われるまでもなく、人をだますのに一万という価格設定は安すぎると思ったのかもしれない。

ようやく二人の男が黙ったので、津多恵はまた、栄美の方を見て言った。

「あの、声が聞こえるのです。それで、少し話を……」

「花音の声が？」

白い顔で黙っていた栄美が遠慮がちに問い、津多恵は慌てて頷く。淳一が軽く舌打ちした。

「もしかして、今、あの子、ここにいると言うの？」

「それは、何とも……わたしにはわかりかねますが」

「それとも、どこだったかしら、イタコでしたっけ、青森の、そういう方なの？　だったら、お願いします！　あの子の魂を呼んで！」

「ばか言うんじゃない！」

淳一が鋭い声で、妻を叱責すると、栄美は哀願するような目で淳一を見た。津多恵は、栄美の方に顔を向けて、口を開いた。

「わたしは……霊感とか、霊力とか、そういうのとは無縁だと思ってます。今申し上げたとおり、ただ、声が聞こえるだけなんです。イタコさんのようにりっぱな人間じゃないです。それに、イタコさんは、生きている方からの、相談ごとというか、頼みごとを引き受けて、口寄せをなさるわけですが、わたしの依頼者っていうのは、常に、あちらの方で」

「そういうことなんですよ」

と、神妙な顔で、恵介が言った。

「はい。それなのに、依頼主でもない方からお金をいただこうというのだから、お腹立ちもごもっともだと思います。ただ、わたしとしても、先方から依頼があった以上は、お伝えしないわけにはいかないのです」

津多恵は、申し訳なさそうにうつむく。死者の切実な思いを、言葉を、伝えてほしいと思う相手に伝える。それは死者のたっての願いなのだが、今、こうしてわざわざ何時間もかけて、出向いてきているのは、死者の願いをかなえるためだけではない。相手を見つけて死者の言葉を伝えてしまわなければ、津多恵自身が苦しいのだ。

「あんたが、その、本当に花音から、妻に伝言を頼まれたって、そんな証拠はどこにあるんだ」

このリアクションもよくある。証拠と言われても、示せるものなどあるはずがない。もとより、遺品などを手にできるわけではない。それどころか、津多恵には、花音の顔かたちもわからないのだ。知っているのは声だけ。でもその声だけはしっかり耳に残って、死者の言葉を相手に伝えてしまわないかぎり、頭の中に居座り続けて、何度もよみがえってくる。

花音の声は、年齢の割には大人びていた。少し寂しげで、けれど明瞭で聞きやすかった。とはいえ、そこには年相応の幼さがあるのだけれど。

「花音ちゃんは、おりこうさんでした」

津多恵のその言葉に、はっと目を見開いた栄美の顔がゆがんだ。瞬きをこらえるようにして、津多恵を見つめている。その感情と綱引きするように、淳一の怒りが強くなったような気がする。怒りっぽい人だ。でも、と津多恵は思った。愛しているんだな、奥さんのこと……。

「花音ちゃんは、わたしに言いました。あのね、これは、あたしとママしか知らないことだから」

こんな風に、伝える相手に信じてもらうために、その人しか知らないことをあえて津多恵に語る依頼主は案外多い。この話をすれば相手も信じてくれるはずだから、と。けれど、花音はまだたった六歳。だから、賢い子だと津多恵は思ったのだ。

「クリスマスの時、パパがいなかったでしょ。あの時、『寂しくないよ、花音、大丈夫だよ』って言ったら、ママがぎゅっと抱きしめてくれたよね、それから、花音のお耳に口をつけて、『ごめんね』って小さな声で言ったよね」

できるだけ、依頼主の口調を再現できるようにしゃべる津多恵の声は、少しだけ舌足らずの感じがあった。その言葉が、じんわりと栄美の脳にしみこんでいくのが、見えるような気がした。栄美は、手で口を覆い、目をさまよわせ、それからゆっくりと隣に立つ淳一を見た。淳一が初めて、気弱そうに目を伏せた。

「あなた。わたし、お話をうかがいたいです。いいでしょう。わたし、あの子がこの人に何を託したのか、聞きたいの」

夫の顔色をうかがいながら、おずおずと栄美が言った。相手が無言でいることで、許可が得られたと思ったのか、栄美は玄関の戸を開いた。

「どうぞ、お入りになって」

津多恵は、ちらっと恵介を見てから、まず自分が先に玄関に足を踏み入れた。

招じ入れられたのは六畳の和室だった。真ん中に合板の座卓が置いてある。部屋には床《とこ》の間《ま》があったが、花も掛け軸もなく、隅の方に木彫りの観音像と、白磁の壺が置いてあった。

津多恵と恵介は、座卓をはさんで、夫婦と向き合って座った。

「今、お茶を」

と、立ち上がりかけた栄美に、津多恵はすぐに言った。

「どうぞ、おかまいなく」

同時に淳一が軽く咳払いをする。まだ不機嫌そうなその顔は、茶など淹《い》れる必要はない、と言っているようだった。栄美は、財布から一万円札を取り出すと、すっと座卓の上に置いた。

「ありがとうございます」

恵介がうやうやしく受け取り、四つに折りたたんで巾着《きんちゃく》にしまった。

津多恵は改めて夫婦を見る。妻である栄美は、淡いピンクのカーディガンを羽織り、髪を無造作に結んでいる。痩《や》せて顔色が悪い。夫の淳一は、どこかのブランドもののポロシャツに同じブランドのベストを着ていた。妻に比べて恰幅《かっぷく》がいい。髪が後退しかけているし、白いものが混じっているところを見ると、栄美よりはずいぶん年上にも思えたが、津多恵には男性の年齢は判じかねた。

「では、お話しします」

津多恵は、栄美に向かって軽く一礼した。それから、ふっと息を吐き、視線を落とし気味にして、膝の上で軽く組んだ自分の手を見る。

「花音が、ママに一番言いたいことはね、ありがとうってことなの」

「ありがとう……」

栄美がぽつりとつぶやく。津多恵は小さく頷いた。花音から最初に話を聞いた時、津多恵も同じ言葉をつぶやいたのだ。どういう意味なのか、というように。すると、花音は、ゆっくりと落ち着いた口調で言った。その花音の言葉を、今、津多恵はそのままなぞるように語った。

「ママは、本当は赤いランドセルがよかったんだよね。でも、花音は、チョコブラウンがほしかったの。どうしても、チョコブラウンがよかったの。最初は、ママ、反対したよね。ランドセルは赤がいいって。でも、デパートには、ピンクのもキャメルのもあったもの。そしたら、ママ、このあたりでは、みんな赤ばっかりだから、あんまり変わった色のランドセルにして、仲間はずれにされたらどうするの？　って」

栄美の瞳からぽたっと涙が落ちた。それから、うっと嗚咽《おえつ》をもらして手で口元を押さえる。隣に座る淳一は、眉をぎゅっと寄せて天井を睨んでいた。

ぽつりぽつりと栄美が語り出す。

「たしかに、あの子はチョコブラウンっていうんですか？　焦げ茶色みたいなのをほしがりました。けれどわたしは反対したんです。焦げ茶色といっても、女の子用のものだから、ピンクのステッチで、フラワー模様の刺繍《ししゅう》なんかも入ってはいましたけれど……。やっぱり変に目立つようで。最近は、このあたりでもピンクのものなども見かけますけれど、やっぱり赤が多いんです。都会とは違いますから」

津多恵は神妙な顔で頷いた。隣に座る恵介も、今は真顔だ。もちろん、津多恵は、花音の遺《のこ》した言葉を口にするのは今が初めてで、恵介にとっても初めて聞く話なのだ。

「それを焦げ茶色なんて。あんまり変わったことをして、それで、いじめられでもしたらと、心配で……。だから、反対して、赤いのにしなさい……。そうしたら、あの子、珍しくすねてしまって。ふだんは、本当に聞きわけのいい子なんです」

ふっと、栄美が息を吐く。

「それで？」

と、思わず恵介が口をはさんだ。

「わたしも少し意地になってしまいました。でも、あの子を守りたかった」

また新しい涙が、栄美の瞳からあふれた。

「じゃあ、ランドセルは……」

言いかけた恵介が飲み込んだ言葉は、「赤にしたのか」だろうか。

「結局、わたしが折れました」

栄美は、ぽつりと言った。そしてうっすらと笑みを見せる。その笑みはすぐに引っ込んでしまったけれど。

「その時の、あの子の喜びようといったらありませんでした。二人で買いにいって、戻って。あの子は何度も何度もランドセルを見て、それは嬉しそうでした。まだ教科書も何も入っていないランドセルを背負ってみせて、外に行きたがりました。さすがにそれはやめさせましたが」

「ところが、おれが、おれが……」

初めて淳一が、自分から語り出した。

「おれが、何だ、その色は、って、つい文句を言ってしまった。女子のランドセルは赤いもの。おれたちの時代にはそう決まってた」

津多恵は頷いた。自分が六年間使ったランドセルも赤だった。同級生にはピンクのものを背負っている子もいたけれど、多数派は赤だったような気がする。あれ、どうしたのだろう。いつの間にか、ゴミになってしまったのだろうか。捨てた記憶はないから、兵庫に転居する際に、母が処分したのかもしれない。大事にしていたもので、いつしか無くなってしまったもの。ランドセルのほかにも、たくさんあるような気がする。

「そうしたら、こいつが言った。いいじゃありませんか。花音が気に入っているのだから。六年間背負って学校に行くのは、花音なんですよ、と。むきになって。珍しく言い合いになったな」

「わたしときたら、自分でもさんざん反対したことを棚に上げて」

津多恵は少し間をおいて、また語り出す。花音が津多恵に語ったように。

「ママが、あたしのほしいチョコブラウンのランドセルを買ってくれて、すごく嬉しかったの。だから、ママにそのことを、伝えて。それから……」

津多恵はちらっと、淳一を見た。

「花音のことで、パパとけんかしないでね。いつも仲良しの、パパとママが好きだから」

そのとたん、栄美の瞳からはどっと涙があふれた。人はこんなにも涙を流せるのか、滂《ぼう》沱《だ》の涙とはこういうのをいうのだろうか。その栄美にそっと隣に座る淳一がハンカチを差し出す。愛しているんだな、この人のこと、と津多恵はまた思って、男を見る。淳一も目を真っ赤にしていた。

しばらく、だれも何も言わなかった。花音からは、親の名前と住んでいた場所以外の情報は得ていなかった。でも、花音が、この家の一人娘であることは、すぐにわかった。たった一人の娘を亡くす。それも、小学校入学を一月後に控えて。栄美の喪失感は、いくら時間が経っても、決して消えることはないだろう。どれだけ会いたいと思っても、それはかなわないこと。亡くなった人とは、二度と会うことはできない。そんな痛いほどの思いが伝わってきて、津多恵は息苦しくなる。目を閉じて首を垂れていると、恵介がすっと手を伸ばして、津多恵の手首をぎゅっとつねった。痛っ、と、顔を一瞬ゆがめて我に返る。乱暴だと思うが、それでしゃんとしてしまう自分が情けない。

津多恵はゆっくりと目を開いて、ちらっと窓の方を見る。西向きの窓から射し込む日の光が、座卓まで伸びてきていた。ふと、津多恵の視線に誘われるように、栄美が顔を上げて窓の外を見た。それから、顔を戻して真っ直ぐに津多恵を見つめる。

仕事ですから、と言ったら、不謹慎に聞こえるかな、と思う。

「いえ」

「ありがとう」

「お線香を、あげていただけますか？」

無理に微笑《ほほえ》もうとしている栄美に言われて、はい、と頷いた。そして、立ち上がった栄美に続いて、津多恵と恵介がほぼ並ぶようにして、隣の部屋に移動した。淳一はその場に残った。

そこは四畳半ほどの和室で、窓が細く開いていた。

花音の部屋だったのだろうか。机とベッドと小さめのタンス。本棚には子どもの本がきれいに並んでいる。

仏壇とよばれるようなものはない。新しい学習机の上に、遺影と位牌。線香立てと花瓶が置かれてあった。チョコブラウンのランドセルは椅子の上。一年経った今もぴかぴか。そしてぴかぴかの一年生になるはずだった六歳。

あんなことさえなければ、今ごろはこのランドセルを背負って、元気に小学校に通い続け、友だちもできたかもしれない。あんなことさえなければ……それこそ、繰り返し繰り返し、遺された者たちが問い続けたこと。なぜ、あの子なんですか？　栄美の悲痛な叫びが聞こえてくるような気がする。そんな風に亡くなった人はたくさんいるということは、何の慰めにもならない。

花瓶に挿した花は桃。まだ花開くには早すぎるから、庭木の花ではないだろう。少女が好きな花だったのか、濃いめのピンクの花は軽やかに明るい。たしかに、白が基調の仏花は、この幼い少女には似合わない。その花瓶の後ろには、丸くてつやつや光る石が置いてあった。

津多恵は膝立ちになって遺影に向き合った。写真の中で、花音は晴れ着を着て、にっこりと笑っている。目元が栄美によく似た、かわいらしい女の子だ。

「七五三の時の写真なんです」

「七五三？　六歳だったんじゃ……」

恵介が遠慮がちに聞いた。

「今は満年齢でやる方が多いようですけど、数え年でやるもんだと、あの人が……」

栄美はほんの少しだけ顔を部屋の隅に向けながら言った。

「かわいいお嬢さんですね。こんなお顔をしていたんですね」

あの声の持ち主は……。晴れやかな笑顔に、少女の寂しさなんか見いだしてはいけない。でも、やっぱりほんの少し、孤独の影を感じてしまう。けれど、この写真を撮った時、四ヵ月後の運命を、花音が知るよしもなかったことは間違いない。未来は洋々と続いているはずだった。

遺影に向かい、手を合わせて瞑目《めいもく》する。――ちゃんと伝えましたよ、花音ちゃん……。

安らかに眠ってくださいなんて、意味のない言葉かもしれない。わずか六歳にして旅立った少女を前に、長らえている自分が、後ろめたいという気にさえなる。

「何度も思いました。なんで、あの子が、と。同じ年頃の子を見るのがつらくて、家に閉じこもっていました。それに……なんで、あの子を遊びに行かせてしまったのだろうと……」

人はいつも、自分にはどうにもできないことを悲しみ、己の責任のないことを悔やむ。これまでも何度、そんな言葉を耳にしてきたろう。

津多恵に続いて、恵介が線香をあげる。

隣の部屋から、チャリランと音が響く。携帯の着信音のようだ。

「はい、高岡《たかおか》です。申し訳ありません。少し立て込んでいてご連絡が遅くなりまして。明後日《あさって》の十三日までには間違いなくご返答しますので」

やや卑屈な声を出して、淳一は電話を切った。仕事上の顧客か、あるいは上司だろうか。そういえば、今日は日曜だ。それなのに、仕事に追いかけられるとは、宮仕えも大変だ。

窓から入り込む微風で、カーテンが微かに揺れた。

「こんなことが、よくあるんですか?」

栄美に聞かれて、我に返った。表情はさっきよりいくぶん穏やかに感じられたが、それは津多恵の願望にすぎないかもしれない。

「こんなこと……ああ、声のことですね。あります。望んでのことではありませんが」

津多恵は小さく笑った。だれが、望むものか、と思いながら。

「そうでしょうね」

「はい」

「それにしても、一年も経って……」

「もっと時間がかかることもあります。もちろん、亡くなってすぐのことも」

死者から呼びかけられた最初の経験は、その人の死後、丸五年経ってからだった。かと思えば、亡くなってすぐに、話しかけられることもある。それがなぜか、津多恵にはわからない。そして、いつ何時、語りかけられるかも。じんじんと頭に伝わってくる声に応じるために、電車を途中下車したこともあるし、浴槽につかりながら死者の言葉を聞き続け、のぼせて気分が悪くなったこともあった。すべて、自分ではどうすることもできないことだ。

「花音には、あなたが見えたのでしょうか」

「さあ、それはわたしにはわかりません」

「あの子に、わたしからの言伝ては頼めるの?」

「いえ、わたしからは、無理です。それに、二度と、声を聞くことも……」

「行ってしまったと……いうこと？」

つまり成仏したのかと、聞いているのだろう。

「すみません。わたしにはわかりません」

津多恵にわかっているのは、言伝てを託した死者で、再び、津多恵に語りかけてきた者は、これまで一人もいないということだけだ。栄美は、ゆっくりと花音の遺影に目を移す。

津多恵もまた、笑顔の少女を見た。

「今日で、ちょうど一年なんです。今日はあの子の……」

栄美の言葉に、津多恵が知っているという風に頷いた。それから、しばらくだれも口を開かずにいた。その沈黙に耐えかねて、

「かわいいですね、本当に」

と恵介が言った。三人の目が、晴れ着の遺影を見つめる。ややあって、栄美が花音の写真に向かって語りかけた。

「花音、きれいなお姉さんが、あなたの言葉を、伝えてくれましたよ。ママの方こそ、ありがとう。花音は、ママにたくさんたくさん、幸せくれましたよ」

きれいなお姉さんという言葉に、津多恵は恐縮した。ちらっと恵介を見ると、不謹慎にも、笑いをかみ殺していた。

その家を辞す時、栄美だけでなく、淳一も玄関まで送りに出た。相変わらず不機嫌そうではあるが、訪れた時の険《けん》はない。

「どこから来たんだ?」

と淳一が聞いた。どこから? 別に霊界とかそういう類いの人間ではないとちらと思ったが、どうやら単純に、津多恵が住むところを聞いたらしい。津多恵が、東京の日暮里《にっぽり》と告げると、淳一は、眉を寄せて言った。

「まったく、君たちはばかか。一万円では、二人の交通費でほとんど無くなってしまうじゃないか」

ちらっと恵介を見る。だから、最初からそう言ってるのに、とでも思っているのだろうか。ふん、という風に恵介はあらぬ方を見た。淳一の言葉はまだとげとげしているが、「おまえら」が「君たち」に変わっていた。

淳一はふいに、小さくたたんだ紙を、津多恵の手の中に押し込んだ。そして、ぷいと背を向けて、先に玄関の中に消えた。手を開くと、一万円札が二枚あった。

津多恵が丁寧に、栄美に向かって頭を下げる。背筋を伸ばして、身体《からだ》の傾斜は四十五度。栄美もまた、ゆっくりと頭を下げた。

「ありがとう。ようやく、心が少し、晴れました」

つぶやくような小さな栄美の声は、やはり湿り気を帯びている。改めてこの一年、どんな思いで過ごしてきたのだろうかと思いながら、津多恵は顔を上げた。そして、どうぞお健《すこ》やかに、と心の中で栄美に告げると、おもむろに踵《きびす》を返して歩き出す。一歩一歩、着実にしっかりとした歩みで。

「少しは、軽くなったんじゃないかな」

隣を並んで歩く恵介がぽつりと言う。津多恵は答えなかった。そうならいいのだけれど。

「死者何人とかいったって、一人一人、まったく違うんだよなあ。当たり前だけどな」

「そうですね。生きてきた日々も、亡くなった人のまわりの人々も……」

やっとそう口にする。栄美はまだ自分たちを見つめて、玄関に立っているような気がする。心が少し晴れました、と栄美は言ったが、その言葉を真に受けることなどできるはずもない。それでも、少しでも、ほんの少しでも、心が軽くなればと、祈らずにはいられない。

最初の角を曲がる。もう、栄美の視界からは自分たちの姿は消えたと、そう思ったとたん、津多恵はへなへなとくずれそうになり、慌てて恵介が、脇に手を入れて支えた。

「しっかりしろよ、きれいなお姉さん」

この男は、親切なのか、意地が悪いのか、と津多恵は思った。なんとか、自分の歩みを取り戻すと、

「お化粧、落としたい」

と言いながら、津多恵は、さしのべられた恵介の手を外す。

「帰るまで我慢しろよ」

小さく頷く。そして、恵介に二、三歩遅れて、最寄りの駅までの道のりをよたよたと歩く。

眼下に広がる荒涼とした大地。そして海。この場所を訪れることは、もう二度とないだろう。

坂道を駆け上っていく少女の一群とすれ違った。甲高い声をあげて、あふれんばかりのエネルギーを発しながら。津多恵はしばし、目を細めてその背中を追った。こうして行き来する子どもの姿を、栄美はどんな思いで見るのだろうか。

日中の青空は徐々に色を失い、地平近くを黄に染め、やがて夕空に変わっていく。西日が長い影を作っていた。

＊　＊　＊

ようやく日暮里まで戻ってきたのは、午後八時過ぎ。帰りの電車で爆睡したおかげで、疲労はいくぶん回復していたが、やはりどこか足下がおぼつかない。それがわかっているのだろう、のろのろした歩きを、こういう時だけは、恵介は辛抱強く待ってくれる。

北改札を出て、西口に出る。左手側にある観光案内図をぼんやり見ながら、ゆるやかな御殿坂《ごてんざか》を上る。道に沿った石垣の上は谷中《やなか》霊園だ。この道は、台東《たいとう》区と荒川《あらかわ》区の区境になっているという。このあたりは、区境が入り組んでいて、文京《ぶんきょう》区や北《きた》区との境も遠くないので、夕方、子どもの帰宅を促《うなが》す「夕焼け小焼け」のメロディが、微妙にずれて何種類も聞こえたりする。

ようやく石段が見えてきた。夕やけだんだんと呼ばれている階段で、ここを下りれば谷中銀座《ぎんざ》だ。何度も振り返る恵介を気にしながら、一歩一歩と階段を下りる。

昼間はにぎわいを見せる谷中銀座も案外夜は早くて、ほとんどの店は戸を閉ざしていた。途中で、左に道を折れ、細く暗い道を歩く。

「やっぱりここに帰ってくると、落ち着きますね」

そう言いながら津多恵が見やった壁の内側は、寺院の墓だった。

「墓のそば通りながら、そんなこと言う女ってすげえ変」

「だって、静かじゃありませんか」

「あんたがそう思うんなら、そりゃあよっぽど静かなんだろうよ」

せせら笑うように、恵介が言った。つまり、墓のそばでありながら、存外、死者から語りかけてくる声がないということか。

細い道を二度折れた先に、煌々《こうこう》とした灯りが見えてきた。三階建てのビルの一階で、臙《えん》脂《じ》の看板に浮かぶ文字は美容室レイン。ビルのオーナーは、レインの店長でもある美容師の竹沢怜《たけざわれい》。バツイチの三十代半ばの男で、恵介はここ美容室レインのただ一人の正規の従業員だった。つまりこの店は、怜と恵介が仕切っており、ほかは、シャンプーやブローを行うアルバイトの若い女の子が交替で来ているだけだ。

美容室は、立地に恵まれない割には、まずまず繁盛していた。ことに恵介がここで働くようになってからは、予約客も少しずつ増えていた。

もっとも、ここのほかにも不動産を所有していて、家賃収入がある怜は、あまりあくせくと働くつもりはないようだ。営業時間は午前十時から午後八時のはずだが、予約主体で融通をきかせており、場合によっては早朝や、夜の八時以降も店は明るい。予約の状況次第では、七時には店を閉めてしまうこともある。この日も、珍しく午後に恵介の予約が入らず、津多恵につきそっての遠出が可能となったのだ。

津多恵は、ひょんな縁で、一年前からこのビルの二階の一室を、格安料金で間借りしていた。

恵介がドアを押し開くと、所在なさそうに、待合室——といっても、ワンフロアの一角を低いついたてで仕切っただけだが——のソファに座っていた怜が笑顔を向ける。

「お帰り。遅かったじゃないの」

「しょうがないですよ。こいつがとろくて、一本電車逃したら一時間来ねえし、乗り継ぎのタイミングは悪いし」

と、恵介が津多恵を睨みつける。

「そんな怖い顔しないの。いい男が台無し」

　怜がほんの少し顔を顰《しか》め、それから、津多恵に目を移す。

「それにしても、津多恵ちゃん、よく化けたこと」

と笑った怜は、現在、この世でただ一人、津多恵をちゃんづけで呼ぶ人だ。ほかの人だったら、気恥ずかしくなるような呼び方も、この人だと不思議と気にならない。

　店内にはつい少し前まで客がいた気配があった。怜は、仕事着でもある黒の立て襟のシャツにブラックジーンズでいる。しかし、床はすでにきれいに掃除されていた。

「ったく、おれがいなきゃ、目的地に永遠にたどり着けなかったし」

「永遠ってことはないと思いますが」

と、遠慮がちに反論を試みる。

「今日中には無理だったな」

　永遠と今日中とはずいぶん違うが、何か言っても倍返しされるだけだと黙りこむ。

「そういえば、津多恵ちゃん、方向音痴だったわね。ここに最初に、恵介を訪ねて来た時も……」

と怜がくすりと思いだし笑いをする。

初めて、恵介を訪ねるためにここに来た当時、津多恵は京成線《けいせい》の町屋駅《まちや》から歩いて十分ほどのところに住んでいた。町屋から日暮里までは五分もかからないし、怜が経営するこの店までは駅から歩いて七、八分というところだ。

だが、津多恵は、家を出たあと、まず、恵介の元の職場である原宿《はらじゅく》に向かい、そこで三十分店探しに時間がかかり、ようやく見つけた店で、すでに恵介の勤め先が変わったことを聞いた。いちおう円満退社だったので、恵介が親しくしていた元同僚が、かなり詳しい地図を書いてくれた。それなのに、原宿から山手線外回りでくれば二十四、五分のところを、何を思ったか内回りに乗ってロスすること十二分。さらには、日暮里に着いてから、迷うこと四十分。午前九時過ぎに家を出た津多恵が、美容室レインにたどり着いた時には、正午を過ぎていた。

「あん時だってさ、地図が読めない女なんだから、電話をかけるとかすればよかったんだよ」

そうは言っても、携帯は持ってないし、最近、公衆電話もめっきり減ったし、なんて思ったが、反論は所詮無駄だろうから、黙っていることにした。それに、電話で道案内されたところで、たどり着ける保証はまったくなかった。

まあまあ、という風に恵介に笑みを見せて立ち上がった怜は、津多恵に近づくと、着ていた真っ白いワンピースの裾をほんの少しつまみ上げた。

「案外、似合ってるわね」

「当たり前だ。おれの見立てなんだから。っていうか、似合うように顔、作ってるし」

「すみません。すぐに着替えて、お返しします」

服は怜からの借り物だった。細身で中性的な怜は、結婚歴もあるし、女性を愛せない人ではなかったが、プライベートタイムに女装することを趣味としており、たいそうな衣装持ちだった。子どもの頃は女形に憧れたという噂があるが、真偽のほどはさだかではない。

「いいっていいって。似合うから、着てなさいよ」

「すみません」

「よかったら、それ、あげるわよ。わたしも、もうちょっと着られないし」

「いえ、お返しします」

津多恵にはわからないけれど、ブランドものらしいし、本来の自分に似合う服とは思えない。こんな格好でいることが、本当は落ち着かないのだ。

「ちょっと着替えてくるけど、お湯が沸いたらコーヒー淹れてあげるから、座って待ってなさい」

怜は津多恵に笑いかけて、奥に引っ込んだ。その言葉に甘えて、カットチェアに座る。待合室のソファは、寝転がった恵介に占領されていた。

正面の大きな鏡が自分を映し出している。栗茶のつややかな髪はきちんと編み込まれている。白い肌。くっきりした目。長い、けれど重たすぎないまつげ。これが自分の顔とは思えなかった。

「児童劇もしくは映画鑑賞会に園児を引率する幼稚園の先生風」と恵介は言った。つまり、幼稚園内で働く時よりはかしこまっている。まあ、そんな風に言われればそう見えなくもないだろう。だが、それはあまりに津多恵の本性からはかけ離れている。

演出、大迫恵介。メイク・ヘアメイク、大迫恵介。衣装、竹沢怜。

鏡に映る顔は、津多恵であって津多恵ではない。怜の服が衣装であるのと同様、メイクで作った顔は、仮面にすぎない。きれいなお姉さん……栄美の口にした言葉がよみがえる。

——すみません、本当は違うんです……。

それにしても、よく化けたものだと我ながら思う。本来の津多恵は、まったく美貌には見放されている。それが、とにもかくにも、きれいなお姉さんとまで言われるのは、ひとえに恵介のメイクの力に依《よ》る。そして、この「化ける」ということが、死者の言葉を伝えるという仕事の重さを、いくらか軽くしていることは間違いない。

依頼された相手と向き合う自分は、仮面をかぶっているようなものだから。

怜が、トレイにコーヒーを三つ載せて、奥から出てきた。

「怜さん、今日、おれたち、何しに行ったか聞きたい？」

「別に話したければ、聞いてあげてもいいわよ」

と、少しドスを利《き》かせた、けれども鼻にかかったような言い回しで言った。どことなく美川憲一風だ。服は、美川憲一風ではなく、ボーダーニットに、ロングネックレス。ボトムは気取りのないデニムで、さりげない女装といったところか。

津多恵の奇妙な稼業のことを、怜は知らないはずだ。もちろん、一年前に突然訪ねてきた津多恵と恵介の間に何があったのかも。

津多恵は、改めて、怜さんというのも、不思議な人だなと思って見た。そこそこ世話好きな感じがするが、よけいなことは一切聞かない。親切にはしてくれるが、あっさりとしていて、押しつけがましさは皆無だ。

怜は中性的な微笑みを返して、津多恵にコーヒーを渡した。ソーサーには、小さなクッキーが二つばかり添えられてあった。

「おれたちさあ、今日、壺、売ってきたんですよ」

スマホをいじりながら恵介が言った。

「壺？」

「原価八千円の。三万円で売れた」

八千円の原価とは、おおよその二人分の交通費だ。

「へえ？　もうけたわね。ぼろもうけというほどじゃないけど」

そういえば、あの家の床の間に白い壺があったなと、ふいに津多恵は思い出す。壺に並べられて、木彫りの仏像があったことも。

「あった！　これだよ、これ」

「ふーん、白磁かしらね？」

怜は恵介のスマホをちらっと見てから、さほど興味なさそうに、すぐに津多恵に手渡した。それから、上着を着ると、

「ちょっと出かけるから、恵介、戸締まりよろしくね」

と、手を上げる。

「どこ行くんですか」

「〈紅《べに》らんたん〉でカラオケ」

〈紅らんたん〉とは、ここから歩いて五、六分の、夜店通りにある小さなスナックだ。

怜は、津多恵にも手を振ると、店を出ていった。

「大迫さん、この壺って……」

「あの家に、同じもの、あったろ」

たしかに床の間にあったものとよく似ている。

「これも、原価、八千円、とか？」

「買い値は、そうだなあ、百万まではしないかもな」

「そんなに？」

「あれ売ろうとしても、とうてい三万にはならないだろうけど。たぶん、あの人、霊感商法の犠牲者だよ」

「じゃあ、隣にあった……」

津多恵は立ち上がり、だらしなく寝転んでいる恵介にスマホを返す。そして、木彫りの仏さまも？　という風に首を傾げると、恵介はただ、肩をすくめた。

淳一が、宗教か？　とか、人の不幸につけ込むなどと言っていたのは、そういうことだったのか。どんな言葉で、あの人をたぶらかしたのだろう。お嬢さまの魂を鎮《しず》めるとか、お嬢さまの来世をよくするとか……。

「もう少し早かったなら……」

犠牲をいくらか少なくできたかもしれない。

「そう望んでかなうわけでなし」

津多恵は奥に引っ込んで、化粧を落とす。

「だんなの方は、わかってたんだよな」

クレンジングクリームを泡立てながら、

「そうでしょうね」

と返事をする。泡が黒く色を変える。厚化粧には決して見えないはずだけれど、けっこう塗ってあると、妙に感心する。

「あのおっさん、いいとこあるよなあ。二万だろ。最初は、すげえやなやつかと思ったけどな」

泡の下から、そばかすの浮いた肌が現れる。マスカラとシャドーがのぞかれた目は、小さめでぼんやりとしている。まつげも短いし、口角をたくみに上げて山もきれいに描いてみせていた唇は、もともと輪郭がはっきりしてなくて血色も悪い。狭い額とのっぺりとした顔。

およそ美貌のかけらも感じさせない、十人並み以下の顔。それでも、これが自分の本当の顔だと思えば、さっぱりする。

「やさしい人なんですよ、本当は。栄美さんのこと、大事に思っているのが伝わってきましたから」

いつの間にか、恵介は、先刻まで津多恵が座っていた椅子に移動している。入れ替わるように津多恵は、ソファに座った。鏡と向き合うのは疲れるからここの方がいい。

「けど、休みの日まで、仕事に追っかけられるとはな。おっさん、おれたちには居丈高《いたけだか》だったけど、ちょっと卑屈だったよな。ケータイ持ったまま、ぺこぺこしてる姿が、目に浮かぶようだったし」

津多恵の座る場所からは、鏡に映った恵介の顔が見えた。その顔の眉が激しく寄った。

「どうしました?」

「あの男、電話で、高岡ですって、名乗ってたよな」

「よく覚えてましたね」

津多恵は小さく笑った。

「あの家、高瀬じゃなかったっけ？」

「そうですよ」

「そうですよ、って、じゃあ……」

花音が言ったではないか。──クリスマスの時、パパがいなかったでしょ……。

「パパは、クリスマスに、あの家にいなかっただけの、わけがあったんですよ、きっと」

少し間を置いてから、恵介がつぶやくように言った。

「つまり、別に家があるってことか？」

津多恵は頷いた。

「だから、目立つことをしたくなかったんですよ、たぶん。栄美さんは、人の目をとても気にしていたでしょう。それに、花音ちゃんがいなくなって、一人で過ごすことが多くて、よけいに自分ばかりを責めて……だから」

霊感商法の食い物にもされてしまったのかもしれない。

「あんた、わかってたの？」

「はい。家の中に、男の人が暮らしているという気配が、あんまりなかったですから。花音ちゃんのパパは、たまにしか、家にいないのだな、と」

「あの子は、それ、どれだけわかっていたのかね」

「さあ。けっこういろんなことがわかっていたんじゃないでしょうか。賢い子だったから」

「なんか、切ないなあ」

「切ないです」

そう、生きることはいつだって、切ない。あのわずか六歳の少女が背負っていたものは、そんなに軽くはなかったのだ。それでも、生きていられた方がいい。当たり前だ、そんなこと……。

「惜しいよなあ」

「惜しいって、何がです?」

「あんたの、カリスマ性の徹底した欠如。せめて、もう少し……」

もう少しあればよかったものは、何だろうか。美貌か知性か。あるいは人を引きつける何か。どれも、まったく自信がない。

津多恵の二十二年あまりの人生は、華々しいことにはまったく縁がなかった。平均的なサラリーマン家庭に育ち、学業成績は普通、美貌にも恵まれず、スポーツや芸術など、取り立てて何かの才能があったわけでもない。おとなしく控えめな性格もあって、ひたすら地味に生きてきた。ひどい目に遭ったことはないが、中学時代、軽いいじめは経験した。中二で兵庫に転居してからは、関西弁についていけず、ますます口が重くなった。自信を持てることなど一つもなかった。なんとまあ、無力で冴えない半生だろう。それでも地味なりになんとか生きてきたけれど。

今は、将来の展望も心許《こころもと》ない。死者の声が聞こえるなんて、奇妙なことになってからというもの、伝えるという使命を果たしたあとは、どっと疲れてフルタイムで働くのがしんどくて、都心にある短大を出て就職した会社も——といっても契約社員だったけれども——一年足らずでつとまらなくなり、目下、週に何度かのアルバイト暮らしだ。

死者の声など聞こえなければどれだけ楽かと、何度思ったかしれない。かといって、声を無視して生きることもできない。

それでも、ここに来られてよかったとは思う。一人で行う孤独な作業だったはずが、相棒ができた。相変わらず底意地の悪いことばかり言う恵介だけれど、実は、今日みたいに一緒に出かけることが、少しだけ楽しいのだ。とりわけ、依頼をしっかりと果たせたと思える時は。

「ちょっと、こっち来て座れ」

言われて、素直に立ち上がり、隣の椅子に座る。素直に従ってしまう自分が情けない。

立ち上がった恵介は、背後に立ち、津多恵の髪をほどき始める。辛辣《しんらつ》で皮肉屋のこの男、髪を梳《す》く手は、なんとやさしいことだろう。

「あーあ。やっぱ海のそばはなあ。なんかべったりしてる」

「はあ」

「そうだ。髪、洗ってやる」

「そんな、けっこうです。髪ぐらい、自分で洗えます」

「だめだね。今日、部屋に戻ったらそのまま寝ちまうに決まってるだろ」

声に怒気が少し入る。恵介は、髪を大切にしないことには容赦がないのだ。

「そんなことないです」

弱々しく反論してみるが、声の勢いに自信のなさが表れている。九分九厘、恵介の言うとおりになりそうだった。

「香澄《かすみ》ちゃんとは違うことを教えてやる。今日の手数料込みで、五千円にまけとくから。あ、交通費、実費な」

そう言うと、恵介は、強引に手を引き、シャンプー台の方に引っ張っていった。津多恵は、引っ張られながら、頭の中で計算する。交通費は約四千円だから、合わせて九千円渡しても、手元に、一万七千円残る。それだけあれば、二週間ぐらい暮らせるだろうか。でも、やっぱり、一万は蓄えに回した方がよさそうだ。とすればやっぱり、明日は一日休養して、明後日《あさって》は頑張ってアルバイトに行かねば……。

仰向けになり、顔にガーゼをかぶせられながら、香澄ってだれだっけと思う。ああ、そういえば、何度かシャンプーしてもらったアルバイトの子が、そんな名前だったかな……。しばらく湯を流し、温度を確認してから、頭に湯がかけられる。

「お湯加減、いかがですか」

わざとらしい慇懃《いんぎん》さには応じずに、

「これって、死者を連想するんですよね」

などと言ってみる。顔にかけられた白い布。それは七年ほど前の記憶で、初めて遭遇した、近しい人の死……。

「さっぱりして、生まれ変わると思ってほしい」

「理屈ですねえ」

シャンプーを泡立てている気配。こんな風に、たとえほんの一部でも、自分の身体を他人にゆだねるのは、本当は苦手なのだ。ましてや相手は男だ。たとえ、自分が女性として恋を語る存在などとは百パーセントみなされていなくても。カレシいない歴二十二年。ここに引っ越してくる前は、美容師はいつも女性ばかりを選んできた。それでも、人に身を預けることに緊張する。カット後にマッサージなどされれば、かえって肩が凝った。

「ったく、少しはましになったけど、まだまだだな」

とは、たぶん日頃の髪の手入れ。初めて会った時の不機嫌の原因が、そのことに大きく起因していることを、津多恵も今は理解している。美容院が苦手だからという理由で伸ばしていた髪は、ぱさついて枝毛だらけだった。かといって、やはり今も恵介を喜ばせることは、なかなかできない。女子力というものが欠落しているのだろうか。

「寝る前に、ちゃんと肌の手入れもしろよ。せめて肌ぐらい整えないと」

言葉は辛辣だし、時に、小姑《こじゅうと》みたいにあれこれうるさい。それなのに、この人の手は本当にやさしい。頭の緊張が少しずつほどけて、体からも余分な力が抜けていく。

何の香りかはわからない。甘すぎないフルーツのような……。まぶたが重たくなってきた。

「あの子、生きていれば、美人になったろうな」

ふと恵介がつぶやく。チョコブラウンのランドセルを背負った花音が、笑って振り向いたような気がした。

「おい、こんなとこで寝るなよ」

遠くの方で、恵介の声が聞こえた気がした。意識が落ちそうになりながら、津多恵は思った。

――どうか今日は、だれも来ませんように……。

# やさしい嘘

恵介《けいすけ》は、やれやれという風にため息をつく。しばらくこのままにしておいてやるか。津《つ》多恵《たえ》が無事に、つとめを果たしたあと、どれだけの疲労に見舞われるのか、実際に自分がわかるわけではないが、こう穏やかな、無防備な寝顔を見せられると、無理に起こすのは忍びない。

「ちょうど、一年になるってわけか」

恵介はそうつぶやいて、微《かす》かに笑うと、ソファに移動した。

＊　＊　＊

恵介が初めて津多恵と会ったのは、ちょうど一年前の今日。勤め先を変えて二ヵ月ほど経った春だった。

新しい勤め先である美容室レインは、日暮里《にっぽり》駅から七分ほどのところにあった。これまでは、オーナーである怜《れい》が、一人で切り盛りしていたという。

「去年の秋までいた子が田舎《いなか》に帰っちゃって困ってる」

と、言葉とは裏腹の呑気《のんき》そうな口調で怜が語ったのは、前の年の十二月。椅子が三つしかない小さな店にくる客は、原宿《はらじゅく》にあった前の店に比べると、年齢がいくぶん高めだった。もっとも、恵介目当てで、以前の店の客がやってくるから、怜は、

「恵介のおかげで客が増えて嬉しい」

と、それほど嬉しそうな様子も見せずに言った。経済的に余裕があるのか、働き方はゆったりしたもので、こなす人数が前の店より少なくても、給料は減ってないということは、それなりに、優遇してもらっているということなのだろう。あれこれ詮索するようなことは一切言わない。それがありがたかった。

ただ、誘われるままに怜の店に移ってきてすぐに、言われたことがある。

「うちでは、無理に笑わなくて、いいからね」

と。子どもの頃から、愛想の良さは天下一品で、軽薄に思われることもあったが、前からの客がついてくるのは、腕だけではないことを恵介自身、よくわかっている。もちろん、美容師としての技量にも自信はあったが。

店を変わることに迷いはなかった。将来を考えたら、ここにいた方がいいのにと、まわりからは不思議がられた。でも、あの頃は、華やかな原宿の店で、愛想笑いを続けることが苦しかった。古くからの知人だという前の店の店長に話をつけてくれたのも怜。年に何

度か怜の髪を切っていた恵介は、その時まで、怜自身が美容師であることを知らなかった。

怜の話では、急に美容師に辞められたということだったが、後になってアシスタントの香澄《かすみ》に聞いたところ、その美容師は常勤ではなかったという。

無理に笑わなくていいと言われてからは、客がいない時、安心して仏頂《ぶっちょう》面《づら》ができるようになった。恵介の二十数年の人生で、もっとも暗かったこの時期に怜の店で働けたことは、どれほど救いとなったろう。今思えば、怜は、孤島に残されていた恵介に、さりげなくボートを漕ぎ寄せてきたようなものだった。


一年前のその日、カットとカラーを終えた中年の女性客を笑顔で送り出した恵介は、気《け》怠《だる》そうにあくびをした。睡眠不足の上、寝覚めが悪かった。次の予約客が来る十二時半までは、あと十五分。締まりのないあくび顔を怜にくすりと笑われた時、ドアが開いた。

「いらっしゃいませ」

怜の愛想のいい声を聞いた時は、てっきり予約客が現れたのかと思った。というのも、その客は、予約時刻より早くくるタイプだったのだ。ところが、現れたのはまったく知らない顔だった。年の頃は二十歳前後で、表情の冴えない、どこか暗いオーラをまとった女だった。

「あの、こちらに、大迫《おおさこ》恵介さんという人、いますか」

「あ、大迫をご指名ですね。一時半でしたらお受けできますが」

「その……大迫さんというのは……」

「ひょっとして初めての方ですか？」

「はあ……」

「どうぞ、こちらでお待ちください」

と、怜は、ついたてのそばのソファを手で示す。

「いえ、あの……」

おどおどとしてはっきりものを言わない女にも、怜は愛想を失わないが、恵介はかなりいらだちながら、冷ややかな目を向けた。だらしなく中途半端な長さの髪、化粧っ気がなく、そばかすの浮いた顔をさらしている。己を飾ることに関心のない女は嫌いだ。

「すみません。違うんです。ごめんなさい」

「違う？」

「すみません。わたしは、客ではなくて……」

と言うと、顔を赤らめてうつむいた。

「あれ、そうなの？」

怜は初めて、いぶかしげに女を見た。

「すみません。大迫さんに、ちょっと、用事が……」

言葉は終わりまではっきり言えよ、と内心で毒づきながら、恵介はなお、知らんぷりでいた。が、怜から、

「恵介、恵介に用事ですって」

と、言われてしまえば、それ以上無視するわけにもいかない。不機嫌そうな様子を隠さずに、カウンターの方に近づいていった。まじまじと相手を見るが、やっぱり見たこともない女だった。女は、ぺこっと頭を下げた。

「少し、お話が……」

「だから、何？　早くしてくれないかな。十二時半に予約が入ってるんだけど」

「……あの、香川友美《かがわともみ》さんから、伝言がありまして」

「香川、友美？」

「はい」

恵介の眉がこれ以上くっつきようがないほど寄った。

「なんで、あんたが？」

「そう言われても……頼まれた、としか……」

恵介は自分の腕を上げて時計を見た。長針はⅣの時を示している。十二時半の予約客はカットのみで一時間もかからないだろう。幸いその後は、三時まで予約は入っていない。

「……一時間ぐらい、待ってもらえるかな」

「はい」

「じゃあ、日暮里駅に行く途中にルノアールがあるから、そこで。セブン - イレブンの並びだし、すぐわかると思う。一時半までには行くから」

「わかりました」

と言って、女は、怜に軽く頭を下げて、出て行こうとしたので、恵介は慌《あわ》てて呼び止めた。

「あんた、名前は？」

「ヤマトツタエと言います」

「ヤマトさんね。おれは……って、知ってるのか」

津多恵はもう一度、また頭を下げて、今度こそ店から出ていった。

予約客は、津多恵と入れ替わるように入ってきた。原宿時代から恵介をひいきにしてくれる三十代後半の女性だった。カットだけだし、約束の時間までに余裕で終わるのは明らかなのに、なぜか気が急《せ》く。

「恵介ちゃん、何か、あったの？」

そう問われて、鏡に向かって愛想笑いを返す。

「何かって」

「だって、何だかそわそわしてるわよ。今日、デートなんでしょ」

「まさか。おれ、去年の夏にふられちゃって、彼女もできないままだし」

言いながら、自虐だと内心で突っ込む。——立ち直ってないよな、おれ……。

「嘘ばっかり。モテモテのくせに」

「そんなわけないいじゃないですか」

女はにやにや笑っている。デート、といえば、そう言えなくもない。と一瞬思ったが、違う。第一、おれにだって選ぶ権利があると思う。

ただ、早くルノアールに向かいたかった。伝言の内容が気になったのだ。

香川友美が、今さら、自分に何を伝えようというのだろう。


恵介が友美と初めて出会ったのは、四年ほど前だった。その頃は、美容師としてはまだ駆け出しで、指名もほとんどなく、ランクも下位だった。予約なしにやってきた友美は、あまり待ちたくないというので、手が空いていた恵介の客となった。友美は短大を出て勤め始めたばかりで——ということも後から知ったが——、セミロングの黒い髪の女性だった。恵介は、友美の髪を洗った。やさしく丁寧に。たぶん、その時に、一目ぼれをしたのだ、友美にというよりは、友美の髪に。柔らかいけれどこしがあって、傷みの少ない髪だった。それは、友美が髪を大切にしているということの証《あかし》だ。直毛ではなく、ゆるい癖がある。それが自然な感じなのがまたいい。そのゆるい癖を生かしながら、髪を梳き、前髪にアレンジを加えた。印象が変わって、前より明るい感じになった、と思った。

「いかがですか？」

そう聞くと、

「けっこうです」

と、にっこり笑った。品のいい笑顔だった。

二度目に現れた時、恵介を指名してくれた。

「この前のカットが気に入ったから、ぜひ、大迫さんにお願いしたいんです」

という言葉が嬉しかった。この時も、きれいな髪だと思った。

カットした後、戸口まで送ってメールアドレスを聞いた。拒否されるかと思ったけれど、すんなりと教えてくれた。そして、何度かメールのやりとりをしたが、返事が戻ってくるのはいつも遅かった。気乗りしないのかと問えば、携帯がちょっと苦手だと、生真面目《きまじめ》な言葉で返ってきた。

初めてデートをしたのは、初夏の夜。美容師は日曜に休めないので、どうしても日中は折り合いがつかず、待ち合わせは夜の八時。

けれど、仕事が長引いて、約束のレストランに恵介がたどり着いたのは、八時半を回っていた。よりによって、その日、恵介は携帯を忘れて連絡ができなかった。当然、怒ってもう帰ってしまったろうと思ったら、待っていてくれた。

「ごめん、遅くなって」

「お仕事だったんでしょう、しかたないわ」

「メール、くれた?」

そう聞くと、首を横に振って、

「あ、そうか。メールすればよかったのね」

と、初めて気づいたという風に言った。

「っていうか、おれが今日忘れたし」

友美は少しおかしそうに笑って、恵介が遅れたことを少しもとがめなかった。そして、スープも前菜も、メインディッシュの金目鯛《きんめだい》の白ワイン蒸しも、それは優雅に食べた。恵介は、この女は育ちがいいのかな、と思った。

店を出てから、夜の公園を歩いた。ふっと髪に手を伸ばしたくなる。けれど、なぜかためらわれた。この時は、まだ友美がどんな暮らしをしているのか、わからなかった。

手をつなぐまで三回会った。じれったかったが、なぜか性急に振る舞うことができなかった。それからキスをするまでは、さらに四回。肩を引き寄せて、まず、髪に口づけた。昼で感じる髪の感触。改めてこの髪が好きだ、と思った。

その次に会った時にようやく、友美が郷里を離れて、今は独り暮らしであると知った。友美の住むワンルームマンションのすぐそばまで送った。そのまま、部屋に押しかけたかったが、

「今日はだめ」

とやんわりと言われた。

「だれかいるんじゃねえ？」

「まさか」

友美は、少し切なそうに笑った。なんですごすご引き下がってそこで別れたのだろう。押しが足りなすぎる。らしくない。中高生のガキじゃあるまいし。うちひしがれて帰り、最寄り駅まで来たところで、我慢できなくなって踵《きびす》を返す。部屋はまだ灯りが点いている。ドアチャイムを押す。せわしなく、何度も何度も。ドアに人影が近づく。

「友美、おれだけど」

ようやく細く扉を開けた友美に、恵介は早口で言った。

「髪、洗わせてくれない？」

「だめ」

と、扉を閉じようとしたが、ドアノブを押さえて、脚を挟み入れ、あとは強引に入り込んだ。そしてそのまま、抱きしめる。乱暴なキス。友美は抗《あらが》うことはなかった。だが……。

ふと目に入った部屋の様子に、恵介は目を疑った。フローリングの床のはず。が、床は、半分も見えなかった。新聞やら本やら、衣類やら、様々なものが散らばっていたのだ。

「だから、だめって……」

眉を八の字にして、友美はつぶやいた。

「片づけ、苦手なの。っていうのか、何だか、あなたが戻ってくるような気がして、急いで片づけ始めたはずなのに、どうしてますます散らかっていくの?」

知るか、と思ったが、決して不潔なわけではないことは、普段の様子を見ていれば、わかった。要するに、片づけられない女ってわけか。

くすりと噴いてから、くつくつと忍び笑いをもらし、やがて声を上げて笑いだしてしまった。

「片づけようか」

そう声をかけると、友美の顔は真っ赤になった。それが何だかかわいくて、腹の下がずきんとうずく。ベッドの上には、部屋干しした形跡のある下着類。友美が慌ててかき集めて隠そうとした中から、フラワープリントのブラジャーを引っ張りだして、サイズを見る。七〇A。そういえば、貧乳だ。今さらながら思ったが、もう遅い。友美は、それをひったくった。

新聞をたたみ——今時新聞を取っているなんて、珍しい女だ——、雑誌を重ね、本を書棚に戻す。乱雑に置かれた書棚の本を、並べ替えたくなる欲求に駆られたが、今は我慢。

思った通り、掃除を怠《おこた》っているわけではない。テーブルにも家具にも埃《ほこり》なんかは積もっていなかった。ただ、整理整頓が苦手、ということのようだった。

「すごい。大迫さん、片づけの天才ね」

「っていうか、友美が片づけられないんだろ」

「そうだけど……」

「整理整頓できないやつは、美容師には向かない」

「そっかあ」

　感心したように、友美は言った。

　それから一緒にシャワーを浴びた。友美の髪を洗いたかった。乾いていてもいい、ぬれていてもいい。そんな髪質。頭の上からシャワーをかけながら、胸をそっと手で包む。簡単に包めてしまうぐらい小さな胸。

「七〇Aだもんな」

とつぶやく。友美は唇を尖《とが》らせた。

「どうせ、貧乳よ」

　だけど、乳首はつんつんして硬くなっている。そりゃあ胸が大きいに越したことはないかもしれないが、それより、きれいな髪の方が、恵介には大事だった。

　だから、身体《からだ》がどれだけ反応していようと、ブローはきっちりする。友美は少し恍惚とした表情でいる。どちらかといえば童顔なのに、バスタオルにくるまれた胸にはほとんど谷間がないのに、妙に色っぽい。わずかに開いた唇から、吐息がもれる。

おいおい、まだ早いよ、と内心でつぶやく。

十分に髪の手入れをしてから、ベッドインした。友美は器用な女ではなかった。オーソドックスに結合しただけ。けれど、何というのか、相手への愛おしさが広がった。

果てた後で口にした言葉。

「部屋の片づけは、おれがしてやる」

たまったものを吐き出すためだけじゃない、やさしくて満ち足りた交わり。とても意外だった。自分がこんな風に女を愛せることに。

会うのはたいてい週に二度。一度は外で、一度は友美の家で。そこを片づけるのが日課ならぬ週課。楽しかった。三度目に泊まった時から、相手の呼び方が、大迫さんから、恵介さんに変わった。

取り立てて不器用とも思えない。もっとも、手先が器用な恵介には比べるべくもないが。料理は一緒に作った。特に上手ではないけれど、まずいものは作らない。凝った料理はしないけれど、一通りのことはできる。魚をおろしたりも、とりあえず。段取りも悪くない。なのに、片づけ下手。それが不思議だった。

せっかちで神経質な自分が、まさか片づけられない女と付き合うことになるとは。けれど不思議なことに、友美相手に、短気を起こすことはなかった。なぜなのかはわからない。一見愛想がよくてそこそこ美形。もてない方ではなかったけれど、気短と潔癖症《けっぺきしょう》で、女との安定した関係を築けなかった。

「友美は、おれのいらいらを、スポンジみたいに吸収してしまう」

と笑ったのは、つきあい始めて八ヵ月、これまでの最長期間を更新した頃。

「恵介さん、もてるでしょ。わたしなんかで、いいの？」

自信なさそうにそう聞かれたことが二度。二度目には、恵介は本気で怒った。

「もう一度言ったら、縁切る。そういう、自分をひ……」

「卑下《ひげ》する？」

「そう、それだよ。そういうの、よくない。そういうやつ、嫌いだ」

怒りはすぐさま、笑いに変わった。

本が好きで、それは恵介の方が少しだけ影響された。本も読まない男と軽んじられたくなかった見栄に始まったことだったけれど。もっとも、相変わらず恵介が書物に金を使うことなどはなく、友美に勧められたものを借りて読む程度だった。

休日、友美の家から出勤、なんてこともあったが、同棲したわけではない。どちらかといえば、静かな恋。自分も大人になったかな、なんて自己分析してみたこともあったが、では、だれにでも誇れるほど、誠実な恋人だったかといえば、そうともいえない。時には刺激がほしくなって、ほかの女を抱いたこともある。友美には知られないように。気がつかなかったと思う。

そんなことも、二年が経った頃には無くなった。そしていつの間にか、恵介さんという呼び名が、恵介に変わっていた。

客から、誘われるような目を向けられることもなかったわけではない。でも、無視した。あからさまに誘われれば、「女に興味ない」と言い切った。ああ、そういう人？　と相手が鼻白む。嘘ですよ、と心の中で舌を出す。

友美は律儀に客であり続けた。美容室ではちゃんと金を出して、恵介を指名して髪を切る。

「大迫さんに切ってもらうようになって、同僚に髪、褒《ほ》められるんですよ」

と、礼儀正しく語る。だから、友美と恋人同士であることを知っている同僚は、一人もいなかった。

「きれいになったよね、あの人」

と、つぶやいたのはだれだったろう。おれのおかげかもな、と密かに思う。そう本人に伝えると、はにかんだように笑った。人は、こんな風に幸せそうに微笑《ほほえ》むことができるんだ。自分も幸せだと思う。なのに切ない。離れたくないと思った。離さないと決めた。

柄にもなく恵介は貯金を始めた。幸い、もともと腕が悪くないから、ブラックなチェーン店も少なくないというこの業界の、雇われ美容師ながら、店内のランクはどんどん上がり、給料も増えていった。カリスマといわれるほどではなかったが、確実に客がついた。

それも老若まんべんなく。男女という具合にはいかず、男はほとんどいなかったが。

友美もまた、着実に貯金をしているようだった。それで、つきあい始めて三年経った頃には、もう少し貯金が増えたら、結婚しようか、なんて話も出始めていた。今度の夏休みには、二人で友美の田舎に行くことに決めた。田舎は、富山県とだけ聞いていた。「能登《のと》半島の東の付け根にあって、海越しに、立山《たてやま》連峰が見えるのよ」と、ちょっと自慢そうに語った。

それなのに……。

結婚ということが話題になって少し経った頃から、友美は変わっていった。律儀、真面目、本好き。そんな女のはずが、まず着るものが派手になった。それまであまり興味を示さなかったブランドのバッグなども持つようになった。それから、化粧が濃くなった。

そしてある時、客としてやってきて、パーマをかけてほしいと言った。客である以上、恵介に拒《こば》むことはできない。これほどつやのある黒髪なのに、パーマで髪を傷めたり癖をつけたりしたくはなかった。でもしかたがなかった。泣きたい思いで、ロットで巻いた髪に液をかけた。辛かった。

「あの子、急に、雰囲気変わったみたいだけど、どうしたのかね」

友美を見送りながら、記憶力自慢のチーフが言った。

次に会った時に、けんかになった。

「親でもないのに、うるさい。あたしの生き方に、干渉する権利、ないでしょ」と友美は怒鳴った。負けずに何かを怒鳴り返したような気がする。でも、その時、何を言ったのか思い出せない。やがて、しらっとした調子で、友美は言った。

「あたし、もっと人生楽しんで生きることにした。恵介さん、見かけと違って、案外真面目なんだよね」

恵介さんという呼び名が、どこかよそよそしかった。それでも、何度か会った。泊まったことも。ほとんど会話のないまま、抱く。欲望を排出するだけの行為は、却《かえ》ってストレスをためた。

メールの返事が間遠になった。夜、マンションを訪ねても、不在の時が増えてきた。そしてある時、姿を消した。

一通の短いメールが届いた。

——ほかに好きな人ができました。ごめんなさい。捜さないで。

香川友美

携帯がつながらなくなった。手がかりは、何もなかった。

似た髪の女が椅子に座ると辛かった。その頃、怜に誘われて、渡りに船とばかりに店を替わった。

　ようやくなじみ客のカットを終えた恵介は、

「すんません、ちょっと出てきます」

と怜に告げると、店を飛び出した。

　友美がいなくなってから、およそ八ヵ月。やっと新しい環境に慣れてきたというのに。今さら、何を自分に伝えたいというのだろう。それなのに、やっぱり恵介は気持ちが急《せ》くのをこらえられなかった。

　津多恵は、ルノアールの隅の席に座って、ぼんやりと天井を見つめていた。テーブルの上に置かれた紅茶は、ほとんど減っていない。

「待たせて、悪かった」

　そう声をかけると、肩をびくっとさせて、ゆっくりと振り向いた。それから、立ち上がると、丁寧に頭を下げた。

「いえ、わたしも着いたばかりで」

　実際、津多恵のカップの紅茶からはほんのり湯気が立っていた。

「ああ、散歩でもしてたってわけか。けっこう面白いだろ、このあたり」

「あ、いや、その……」

はっきりしないとろとろした女だと思いながら、向かいに座る。すぐに店員が近づいてきたので、

「コーヒー。ホットね」

と告げてから、目を津多恵に戻す。

「名前、どういう字、書くの？　ヤマトって、宇宙戦艦ヤマトと……あれは、カタカナか。戦艦大和と同じ字？」

「いえ」

津多恵は、テーブルのナプキンを取ると、バッグからボールペンを取り出して、
山門津多恵
と書いた。達筆だった。

「へえ、珍しい、名前」

「ですね」

しばしの沈黙のあと、恵介は思いきって口を開く。そのためにやってきたのだ。

「で、あいつからの伝言って？」

「……はい」

「言いにくそうだね。けど、どうしてここ、わかったの？」

「あの。香川友美さんからうかがっていたのは、原宿のお店でした。そこで、こちらに移

られたと聞いて」

「そうか。じゃあ、聞くから」

津多恵は、意を決したという風に、姿勢を正すと、軽く一礼した。

「では、お伝えいたします」

そこで津多恵はいったん言葉を切り、深く息を吸った。そしておもむろに口を開く。

「……あなたのこと、なんて呼べば、いいかな」

ふいに声が変わった。というか声はあくまでも津多恵の声なのだが、明らかに調子が変わっていた。

「もう、恵介、なんて呼ぶ気にはなれないしね。今考えると、あたしも、ウブだったな、なんて。でも、ありがとう。それだけは言っておかなくちゃって思ったの。だって、あなたと関わる中で、恋のレッスンができたんだと思うの」

その語り口は、別れる直前の友美の口調を思い出させた。

「新しい恋人はね、十も上だけど、お金あるし、いろんなものを買ってくれるの。あたし、思うのよね。大切なのはお金じゃないなんて、嘘。人間は、お金のためなら、たいていのことは我慢する。あ、でも心配しないでね。何かを我慢してるとかじゃないから。お金だけじゃないの。彼は、あたしをとても気持ちよく愛してくれるの。何ていうのかしら、すごくいいの」

「ちょっと待って」

恵介が口をはさんだ。この地味な、いかにも男っ気のなさそうな女が口にするには、あまりに似つかわしくない言葉だった。

「あんた、恥ずかしげもなく、よく言えるな」

「わたしは、伝えているだけなので……」

すみません、という風に津多恵は頭を下げた。恵介は、眉を寄せたが、すぐに、

「いいよ。続けて」

と、友美が語ったという言葉の続きを促した。

「あたし、今、とっても幸せなの。あなたは、あたしが片づけられない女だと思っていたでしょう。まあ、そうなんだけれどね。いつも部屋を片づけてくれたよね。それは、嬉しかったけど……」

「ちょっと待って」

恵介は再び、同じ言葉で、津多恵の言葉を止めた。

「…………」

「なんで、知ってるんだ、あいつが片づけられないとか、おれが片づけたとか」

「ですから、それは香川友美さんがそうおっしゃったので」

「じゃあ、本当に、あいつからの伝言なんだな」

「そうでなければ、わたしがあなたをお訪ねする理由はありません」

「続けて」

「……でも、本当はなんか、いやだったの。どこかでダメ女の烙印《らくいん》押されてるみたいで。ほんとは、ばかにされてるんじゃないかって。たぶんそんなことないでしょうね。あたしの被害妄想ってことかな。でも、そんな風に思わせるのって、責任あると思うの、男の方にも。今の彼はね、散らかっていても平気なんですって。だから、あたし、すごく気持ちが楽になった。結局、相性の問題ってことかな。だから、あなたもあたしのことなんて、さっさと忘れてね。っていうか、もう忘れてるかもしれないけどね。あたしも、もう、あなたのことは忘れるから。……以上です」

「ひでえ女だな。そう思わない？」

「さあ。それは何とも」

「あんたが、友美から頼まれたのって、いつのこと？」

「一週間ほど前です」

「友美、今、どこにいるの？」

「それは、わたしには申し上げられません」

「企業秘密ってわけ？」

「まあそんなところでしょうか」

「で、あんたは何のために、わざわざ、その親切極まりない、涙が出そうなほど感動的な伝言をおれに持ってきてくれたわけ？　あいつから謝礼でももらったの？」

「いえ、そういうわけでは」

「じゃあさ。おれの方で、謝礼出すから、おれの伝言、あいつに伝えてもらえる？」

「それは、できません」

「なんで？」

「……わたしは、香川友美さんがどこにいるかは、知りませんから」

「けど、伝言、聞いたんだろ」

「今は、知りません」

「あいつ、どんな様子だったの？」

「それを申し上げることは、できません」

「あんた、友美の何？」

「……伝言を頼まれた者です」

「そうじゃなくって。友だち？」

「いいえ」

「だよね。どういう知り合い？」

「それは……言えません」

「何が狙い？　今、言ったの、出任《でまか》せ？」

「そう思われてもしかたありませんね」

出任せなんかでないことは恵介にはわかりきっていた。友美が片づけ下手なことなんて、だれも知らなかったはずだ。もちろん、恵介が片づけていたことも。

店員が近づいてきて、湯呑茶碗に入ったお茶を置くと、空になった恵介のコーヒーカップだけ回収して去って行く。

「あんた、友美と会ったっていうのか？」

「……いいえ、お会いしたわけでは……」

「じゃあ、電話で言ったの？」

答えがないので、恵介は拳でバンッとテーブルを叩いた。一瞬、びくっと津多恵は身を縮めた。同時に、店員が振り返った。微かにその方に視線を送ってから、津多恵は小さな声で言った。

「……違います」

「しゃべり方、あいつにちょっと似てたよ。あんた、いったい何者なんだ」

「…………」

津多恵は、急に力が抜けたように、がくんと首を垂れ、そのまま前のめりにくずれた。ガタンと音を立てて、顎《あご》がテーブルにぶつかる。だが、すぐに身を起こすと、

「痛っ……」

とうめきながら、顎を押さえた。さすがに、恵介は少し気の毒になった。

「大丈夫？」

「はい、すみません」

「あんた、怪しい人？」

「さあ。自分ではそのつもりは、ありませんが」

「……あいつに、何かあったんじゃないのかなって」

「何か、とは？」

「事故とか」

「まさか」

「じゃあ、病気とか」

「なんでそんな風に思うんです？」

「あんた、宇宙人っていると思う？」

津多恵は首を傾げた。

「テレパシーとか、あると思う？」

今度は反対側に首を傾げた。

「本当のこと、言ってほしいんだけどな」

「本当のこと？」

「友美は、もっとほかのことも、言ったんじゃないかな」

「ほかのこととは……」

「なぜ、あんたに伝言頼むのかとか」

「それは、たぶん、あなたに幸せになってほしいからでは？」

「そのために、なんでひどいことを言うのさ」

「それは、自分のことを……」

ふいに津多恵は口をつぐんだ。続く言葉は……。

「ひどいやつだと思って、おれがあいつを忘れてしまった方が、幸せになると思ったから？」

「…………」

「姑息《こそく》な考えだな」

「そんな風に言ってはお気の毒です」

「じゃあ、やっぱり、本気じゃないんだ」

「…………」

「あんた、霊媒師かなんか？」

「滅相《めっそう》もない。そんなたいした者じゃありません。ただ、声が……」

言いかけた言葉を津多恵が飲み込む。

「あいつ、死んだんだろ」

「……なんで、そんな風に、思うんですか」

「違うの？」

「………」

「あんた、嘘つけない人だね。あいつ、ほかに何をあんたにしゃべった？」

「恵介に会えて、幸せだった」

津多恵は絞り出すように言って、うつむいた。

「幸せだったって、過去形じゃん」

「……………」

「おかしいと思ったんだよね、姿隠す少し前に、急に態度が変わったから」

津多恵は、恵介の言葉を聞くと、小さなうめき声を上げて、頭を抱えた。

「だから、無理だって言ったのに」

「どういうこと？　無理って」

恵介が正面から津多恵を見つめる。やっぱり、この女はどこかおかしい。けれど、友美が、この女に何かを託したのは、間違いない。

問題は、なんでそんなことが可能だったか、だ。

「声が、聞こえるんです」

「声が？」

「亡くなった方の。わたしは、亡くなった方が、思いを残すその相手の方に、伝言をしなければならないんです。そんな、ばかな話、信じられないと思うかもしれませんけれど」

　ありえない話だと頭では思っていた。しかし、恵介の心は、とうにその事実を受け入れていた。友美は、死期を悟って、自分の前から去っていった。自分への愛情が冷めるように振る舞って。愛情を遺《のこ》して、悲しむことのないようにと願って。

「ばかだな、友美のやつ」

「本当に、あなたのことが、好きだったんですね」

　津多恵はそう言って、またテーブルに突《つ》っ伏《ぷ》した。

「大丈夫か？」

と問いかける恵介の声音は、ずいぶんとやさしいものになっていた。最初は、野暮《やぼ》ったい女だと思った。いや、今もそう思っている。けれど、無体な友美の頼みを聞いて、原宿に行き、さらにはこんなところまで、出向いてきてくれたのだ。何の報酬も求めずに。ありがたい――文字通り、有難いではないか。

「すみません。少し、休めば、大丈夫、ですから」

　言葉に違《たが》わず、津多恵は少し経つと顔を上げた。だが、表情にはまだ濃い疲労が刻まれている。だが、そろそろ、レインに戻らなければならない。

恵介は伝票を手に立ち上がると、出口に向かった。レジのところで、財布から小銭を取り出そうとした津多恵を、恵介は手で制した。

「すみません」

「何言ってんの。おれのために来たんだろ」

「いえ、どちらかといえば、友美さんのために、ですが」

恵介は微かに笑った。まあ、そうなんだろうな、と思う。恵介のことなど、まったく知らなかったのだから。

そのまま外に出て空を睨《にら》む。ところどころに雲は出ていたが、春の陽ざしがまぶしかった。

「じゃあ、ここで失礼します」

ぺこりと頭を下げた津多恵は、左に向かった。歩みが少し覚束《おぼつか》ない。それに……。

「どこ、行くんだよ」

と、思わず腕を押さえた。

「駅ですが……」

「反対なんだけど」

恵介は駅はあっち、という風に、右手を指さす。

「あ、どうも。実は、ひどい方向音痴で」

「ひょっとして、美容院からここに来るのも迷った？」

「まあ、少し。あ、でも三十分ぐらいだと思います」

レインからルノアールまでは、恵介の足なら五分とかからない距離だ。

「家、どこ？」

「一番近いのは町屋《まちや》という駅ですけど、来る時も、ずいぶん時間がかかってしまいました」

「家、何時に出たの？」

「九時過ぎだった、かな」

ぽつりぽつりと津多恵は、まず原宿の店を訪ねてからレインにたどり着くまで、所要時間三時間強の顚末《てんまつ》を語った。

「信じられねえ。いや、さっきの見たら、信じられる、か」

「すみません、では……」

とまた頭を下げて踵を返した津多恵を、恵介は呼び止めた。

「一つ、聞いていいかな」

「はい？」

「見えないの？」

と問う。もちろん、死者が、という意味だが、それは伝わったようだった。

「はい。声だけです」

「じゃあ、顔とかは」

「全然わかりません。想像も、しないことにしているんです。ただ、声だけを伝えようと」

「頼みがあるんだけど」

「頼み、ですか」

「見てほしいんだ。もう話聞いたあとだし」

「友美さんを、ですか?」

「スマホに……」

とポケットを探ったが、なかった。

「忘れてきた。美容室に戻るけど、いいかな。あ、ちゃんと駅まで送るから」

逡巡《しゅんじゅん》するようにあたりを見回した津多恵だが、こくんと頷く。もしもこの時、津多恵を連れてレインに戻らなかったら、その後の展開はなかったかもしれない、と恵介は後々、何度となく思うことになる。

夕やけだんだんを並んで降りて細い道を左折する。曲がる時、不安げに振り返った。所作はおどおどして自信なさそうで、容貌も貧相な女。でも、最初とは、相手に対する思いが変わっている。なぜか、どうしても友美を見せたかった。見てほしかった。

「こっち、お寺みたいですね」

と、津多恵が塀に目を向けてつぶやく。

「ああ、このあたりは寺が多いんだ」

　原宿に勤めていた頃は目黒区《めぐろ》にアパートを借りていた恵介だが、今は本駒込《ほんこまごめ》の実家に戻っていて、レインには自転車で通勤している。恵介にとって、谷中《やなか》は準地元だったのだ。そういえば、怜は、なぜだか、実家がレインから遠くないことを知っていたな、とふと思った。

「いいですね、このあたりの雰囲気。何だか気持ちが落ち着きます」

「寺とか、好きなのか？」

「お墓が、かな」

　ぽつりとつぶやいた言葉の意味を理解した時、思わずのけぞりそうになった。やっぱりどこか普通じゃない、と思い、けれどなぜかおかしくなった。

　レインに戻ったのは二時半を回った頃で、店の中では、怜がぽつんと受付に立っていた。三時の予約客が来るまでは、まだ少し時間があった。

「お帰り。あら、一緒？」

「あ、うん。ちょっと見せるものがあって。あ、そこに座って」

　恵介がスマホを手に操作し、友美の写真を表示させる。もちろん、パーマをかける前の友美だ。小さな画面の中で、顔立ちは地味だが、つやのある黒髪の女性が、はにかむような笑顔を向けている。ふと、涙がこぼれそうになって慌《あわ》てた。久しぶりに見た。あいつの顔……。

恵介は、そのまま津多恵にスマホを渡した。軽く頭を下げて、

「拝見します」

と津多恵は言った。

「想像と違っていた？」

「想像は、してないので……でも、こういう方なんだな、って思えます」

そう答えた津多恵が、スマホを恵介に返した時だった。ぐらっと足下が揺れた気がした。

「地震！」

怜が鋭い声で言ったかと思うと、壁に掛かっていた時計や絵が、カタカタと揺れ始めた。その揺れがだんだんと激しくなった。

「大きいぞ」

恵介は、ドアを開けて外を見る。外の電線が大きくしなるように揺れている。

「まだ揺れてる」

と、怜が眉間《みけん》に深い皺《しわ》を寄せながらつぶやく。ふと、津多恵を見ると、両の手を握り合わせて身を硬くしたままソファに座っている。

どれだけ時間が経ったろうか。ようやく揺れが収まった時には、恵介も怜も、思わず肩

で息を吐《つ》いた。これまでの人生で、初めて遭遇した激しい揺れだったと思った。

「すごかったね。ちょっと、待ってて。近くを見てくる」

と言い残して、怜が出ていった。

恵介は、津多恵の隣に座った。

「大丈夫か」

聞きながら、スマホを操作する。

「あ、はい……」

「震源、宮城沖だってよ。マグニチュード7・9」

この時は、その後、マグニチュードが何度も上方修正されることも、やがて発生する津波も原発事故も、知るよしもなかったのだが。

地震の情報を消して、恵介はまた友美の写真を取り出してそっと見る。幸せだったなんて、ばかだよ。

「あのさ」

スマホをポケットにしまって、津多恵に声をかける。

「はい？」

「おれ、知ってたんだ」

「何をですか？」

なんとまあ、無防備な表情だろう。

「あいつが……友美が、もうこの世に、いないってこと」

「そうですか」

「最初は、腹立たしいような、自分が情けないような気がしてたけどな。あんまり、友美らしくなかったから……あちこち、手尽くして、調べて。わかったのは、今年になってからだけど」

「そんな気がしてました」

「おれが、知ってたって?」

「はい」

「じゃあ、なんで?」

「それが、友美さんの願いでしたから。わたしは、友美さんの言葉を忠実になぞって伝えることしか。でも……」

「でも?」

「やっぱり、友美さんも、本当は、わかってほしかったんじゃなかったでしょうか」

とたんに、幸福そうな友美の顔が脳裏に広がった。——ごめんね、恵介……。

あやまるぐらいなら、勝手に先に逝《い》くなよ。なんで、最後まで看取《みと》らせてくれなかったんだ……。

「よく、あるの？」

投げかけた問いを、津多恵はすぐには飲み込めなかったようで、

「えっ？」

と首を傾げる。

「声」

「ああ。声、ですか」

ようやく得心したように、小さく笑い、それから言葉を継ぐ。

「まあ、そうですね。いつの頃からか……おかげで、会社クビになりました。といっても、派遣社員でしたけど」

「なんで？」

「お伝えした次の日、起きられなくて」

「やめちまえばいいんじゃね。そんな、わざわざ」

「そうできればいいんですけど」

「みんながみんな、話、聞いてくれるわけじゃねえだろ」

「もちろんです。信じてくれなくて、当たり前ですからね。そういう人と向き合うのも、しんどいですけど」

「やっぱ、変わってるわ」

「すみません」

「なんで、伝えなくちゃいけないの？」

「……声が、残りますから」

「消えないってこと？」

「まあ、そんなとこです」

また、部屋ががたがた揺れた。何度目の余震だろうか。時間を見ると、三時をとうに回っている。どうやら、三時の予約客は現れそうもない。

その時、怜がどこか昂揚《こうよう》した表情で、戻ってきた。

「商店街、棚から物が落ちたりした店もずいぶんあったみたい。あ、それから、電車、全面ストップしてるって」

歩いて帰るという津多恵に、恵介は乱暴な口調で言った。

「ばかよせ。絶対に帰り着けない」

「でも……」

「怜さん、この人、超が三つつくぐらいの極度の方向音痴なんだ」

するど怜が、ことのついでのように言った。

「じゃあ、今日は家に泊まりなさい。空いてる部屋があるから」

こうして津多恵は、怜の好意で、レインのあるビルの一室に泊めてもらったのだった。

半月後、お礼に現れた津多恵の後を、なぜか黒い猫がついてきた。ふだん、夕やけだんだんにいる猫だと、怜が教えてくれた。

「あの猫のおかげで、迷わずに済みました」

と津多恵は笑った。どうやら、猫が道案内をしてきたらしい。まさか、と恵介は怜と顔を見合わせたが、黒猫に向かって、「美容室レイン、知ってる?」と津多恵が訊ねたことは事実らしい。その時、怜は目を細めて猫の去った方を見やり、ため息をついた。

「何だか最近、猫も減っちゃって、この子見たのも、久しぶり」

谷中近辺の雰囲気がすっかり気に入って、気持ちが落ち着くと語る津多恵に、怜がついでのように言った。

「この間あなたが泊まった部屋、空いているけど、よかったらそこに住む?」

「ありがとうございます!」

と思い切り頭を下げた津多恵は、勢い余って椅子に額をぶつけていた。

怜は、定休日に、引っ越しの手伝いまでしてやった。

「なんでそんなに親切にするんですか」

恵介がそう聞くと、怜はこんな風に言った。

「だって、あの子、野暮ったくてとろそうだけど、恵介をあんなに穏やかな顔にできたんだもの。営業スマイルじゃないあんたの笑顔、久しぶりに見たわよ」

恵介に対する時の怜は、兄貴分というよりは、どことなく保護者めいている。といっても、日頃は放任だが、実はしっかり子どもの様子を見ているというタイプの保護者だ。

恵介を指名してくる客は、まれに男もいて、男好きの男にもけっこうもてる恵介ではある。しかし、女装が趣味とはいえ、怜は男を求めているわけではないから、もちろん、恵介がその種の対象というわけではない。

そして、今、ここで働けることには心底、感謝している。原宿に居続けたら、おそらく津多恵との出会いも、違う形になったろう。ここだから、すんなり受け入れられた、という気もする。

しかし、あの髪、なんとかならないだろうか。髪だけでない。ただでさえ平板な顔なんだから、せめて化粧でなんとかすればいいのに。装うことに無頓着な女は、やはり見たくない。

引っ越してきて一週間ほど経った日のこと。津多恵は、疲労困憊《こんぱい》という様子で戻ってきた。

「ひょっとして、伝言仕事？」

と、そっと聞く。

「まあ、そんなところです」

土色の顔をして、足下をふらつかせている津多恵に、恵介は言った。

「あのさ、提案があるんだけど」

「提案？」

「その……人と会う時に、仮面かぶるとか。素の自分さらさない分、疲れないですむんじゃないかな」

「仮面って、なまはげみたいなやつですか」

「なんで、そこいくかね」

「すみません」

「つまり、化粧することで、自分を消すんだよ。あんた、ほとんどすっぴんだろ」

「ほとんどでなく、すっぴんですが」

「だから。あんたの本当の顔を、相手が知らないとなれば、いくらか気も楽になるんじゃね？」

「お化粧はよくわからないし、だいいち、化粧品持ってませんから」

「まじかよ」

「すみません」

「今度、出かける時に言え。おれが、メイクしてやる」

「はあ……」

と、津多恵は間の抜けた返事をして、首を傾げた。

あれから一年。いつしかメイクだけでなく、ともに出かけるようになった。これも縁なのだなと思う。恵介の心にはまだ友美が生きていて、女性としての津多恵にはまったく興味がない。ただ、あの時、友美と自分をつないでいるのが、津多恵なのだと、そんな気がしたのだ。それにしても、まさか、一緒になって商売をするようになるとは思わなかったが。

＊　＊　＊

ちらっと時計を見て、ソファから立ち上がる。津多恵の無防備な寝顔を見て、

「起きろ！　風邪ひくぞ」

と声をかける。

「母さん、あと五分……」

夢で、母親と会っているのだろうか。そっと津多恵の額に手を伸ばしながら、

「こいつより、おれの方が母性的、なんじゃゃね？」

と、つぶやくと、恵介は密かに笑った。

# カサブランカ

「なんで行ったことないんですか？　近くに住んでいるのに」

少し非難めいた調子になってしまい、津多恵《つたえ》は自分でも驚いた。こんな言い方をしたら、何倍もの言葉で責め立てられるに決まっている。そう身構えたが、案に相違して、恵介《けいすけ》は決まり悪そうな顔を見せた。

「興味ねえし」

「あら、散歩コースだし、お花見の名所よ」

と、怜《れい》が津多恵に加勢する。

「墓場で花見て、どうすんだよ」

「恵介、お墓怖いの？」

冷やかすような怜の言葉に、肩をすくめて恵介は立ち上がった。それから、顎《あご》をしゃくって津多恵を促《うなが》す。行くならさっさとしろ、とばかりに。

そもそもの発端は、昨夜のなじみ客が、谷中《やなか》霊園の桜が六分咲きだと、怜に告げたことにある。桜は満開よりも、六分ぐらいがいいというところまでは、津多恵と恵介の見解が一致したが、そこで、恵介が一度も谷中霊園に足を踏み入れたことがないことが、発覚したというわけだ。

「怜さんは？」

と、津多恵が振り返る。

「わたしはいい。花は散り際が好きだもの。若い者同士でいってらっしゃい」

怜は、手をぷらぷらと振った。

レインを出てすぐに、津多恵は首を傾《かし》げた。

「今日、お休みでしたっけ？」

「そうじゃなきゃ、出かけられるわけねえだろ」

たしかに、疑問に思うのが遅すぎる。でも、ここ数日アルバイトに行ってなかったので、曜日の感覚が希薄になっていたのだ。今月は懐《ふところ》具合《ぐあい》が厳しいと思って空を見る。谷中の空は、晴れてはいるが、青にスキムミルクを混ぜたように、ぼんやりと霞《かす》んでいた。

恵介がコンビニに寄りたいと言うので、いったん、夕やけだんだんを上がって、駅の方に向かった。津多恵はすっぴんだった。それをいやがるだろうと、あえて三歩ほど後ろを歩いたし、コンビニの買い物も外で待った。何を買ったかは聞かなかった。

駅の少し手前に、谷中霊園に入っていく細い道がある。

「こっちです」

と、この時ばかりは、津多恵は前に立った。

「わかんのかよ、道」

「何度も来てますから」

「墓に？　あ、そうか。落ち着くんだっけな」

恵介はせせら笑うように言った。

平日の午前中とはいえ、桜通りを歩く人は少なくなかった。目につくのは、中高年の女性、そして、高齢者男性。

「へえ、こんな感じだったか」

ぽつりと恵介がつぶやく。五重塔跡のところで、道を折れた。ゆったりした足取りで歩く。時折、あっちが鏑木《かぶらき》清方《きよかた》の墓だの、横山大観《よこやまたいかん》の墓だのと言ってみるのだが、恵介は墓の主には、まったく関心を示そうとはしなかった。

花冷えの言葉どおり、東から吹いてくる風が少し冷たく感じられた。一週間もすれば、花吹雪が舞うだろう。怜が言うように、散るもまた良し、というところかもしれない。その頃になったらまた来てみようと、津多恵は思った。

「おい、そっち、さっき通っただろ」

恵介が後ろから津多恵の腕をつかんだ。

「あれ？」

戸惑いがちにあたりを見回す津多恵を見て、呆《あき》れたように舌打ちをした恵介は、

「何度も来てるんじゃなかったのかよ。コーヒーぐらい、おごれよ」

と言うと、先に立って歩き出す。

「やなか珈琲なら……」

やなか珈琲店のベンチでなら、コーヒー一杯一五〇円で飲める。

「ルノアール」

「ドトール」

「線路の反対側じゃんか」

「じゃあやっぱり、やなか珈琲で」

「しょうがねえなあ」

恵介は、口ほどにもねえとか、谷中霊園なら迷わず歩けるって啖呵《たんか》切ったのはだれだとか、ぶつぶつ言っている。別に啖呵など切ってはいないと思ったが、それはやはり口にしない方がいいだろう。それにしても、ここで迷うとは、と、さすがに意気消沈しながら、抜群の方向感覚で、迷いなく歩いていく恵介のあとを追う。

ようやく、自分のいる場所がはっきり認識できた頃のこと。

ふいに、津多恵の頭に声が響いた。はっとして立ち止まった津多恵に、恵介は気づかなかったようで、二人の距離が空いた。

「ええ、聞こえてますよ」

と、津多恵が小さな声で応答した時、恵介は初めて足を止めて振り返った。

「えっ？　なんだって？」

やや大きな声を出したが、それを無視して、津多恵は、表面張力で盛り上がるほど水を満たしたコップでも持っているかのように、すり足で道の端に寄る。

「はい。……はい。……のお名前と……ミシロシュンサクさん、ですね」

能面のように白い顔でつぶやいた津多恵を見て、ようやく、恵介にも事態が飲み込めたらしい。

津多恵は今、まさに、あちらの人との対話の真っ最中だった。

恵介が一度睨《にら》むように空を見てから、津多恵に目を戻す。うららかな春の日差しが、少し濃い影をつくる。そんな真っ昼間だというのに。

ちっと舌打ちをして、恵介は津多恵に近づこうとしたようだった。が、なぜか足が動かなかった。津多恵は、まったく恵介を見ようとはしていない。

ただ、無表情のまま、相手の言葉をなぞるように、時々唇を動かす。

どれくらいそうしていただろう。ふいに空気が緩《ゆる》んだ。津多恵は、一度がっくりと肩を落とすと、よろよろとその場にくずれそうになる。慌てて近寄った恵介が、すんでのところで、腕をつかんで、へたり込む前に支える。

「何だ、おれ、動けるじゃん」

　美容室レインに戻ると、怜は出かけていていなかった。どっかとカットチェアに座った恵介が、

「コーヒー一杯、貸しだな」

と言ったが、力なく頷《うなず》くことしかできない。津多恵は、ソファに座ってしばらくの間うつむいていた。が、ふいに立ち上がると奥の方に引っ込んで、古い週刊誌を何冊か引っ張りだしてきた。ソファに戻ってぱらぱらめくり、目当ての記事を探し当てると、熱心に読みふける。その間、恵介が声をかけても、ろくすっぽ返事をしなかった。

　ようやく週刊誌を閉じた津多恵は、ふーっと長い息を吐いた。

　行きたくない。でも行かなくては……。

　今、自分がどんな顔をしているかは、見なくてもわかる。情けなく弱々しい顔。それでも、行かなくては、と思って顔を上げる。

「あの……」

と、恵介に呼びかける。

「ああ？」

とぶっきらぼうに応じた恵介の表情は、いたわるようにやさしい。

「出かけようと思うのですけど」

「これから?」

「はい」

「どこへ?」

「埼玉県、なんですけど」

「詳しい住所は」

津多恵が口にした住所を、恵介は素早くスマホに打ち込む。それから、こっちへ来い、という風に顎《あご》をしゃくった。

「相手は?」

「七十九歳の父親。元町会議員で、頑固者だそうです」

「じゃあ、あの紺のスーツに着替えてこい」

言われるままに、いったん自分の部屋に戻った津多恵は、指定された服に着替えてきた。怜が着られなくなったと津多恵にくれたものだ。何というブランドだったか、名前は忘れてしまった。

「古びないねえ、いいものは」

と、恵介が、スーツのジャケットを引っ張った。

それから、津多恵を椅子に座らせると、ケープをさっとかけて、化粧を始める。美白というよりはナチュラルな肌。といっても、そばかすを隠すには、それなりの厚塗りをする。眉は少しくっきりめだ。

「意志が強く、賢そうな弁護士事務所の調査員、または責任感の強いＮＰＯ法人の事務スタッフ風」

と、恵介は満足げに述べる。唇の色は落ち着いたブラウン系。髪は両サイドをすくって、後ろでまとめた。

「アップにしたいところだが、絶望的に似合わねえもんなあ。でもまあ、それなり賢く見える」

　恵介は、鏡の中で、すっかり様変わりをした津多恵を見ながら言った。

　津多恵の支度が済むと、恵介は、

「行くぞ」

と、立ち上がる。自分は、ラフなジャケットに細身のジーンズのままだ。

　駅前のドトールで軽く昼食をすませてから、上野《うえの》に出て、最寄りの駅に着くまで二時間あまり。その間、津多恵は、これから使う体力を温存するとばかりに熟睡した。そこからは、乗り損なったら一時間以上は待つこと必至の町営バスに、三十分も揺られなければならないという。

　無事にバスに乗り込むと、恵介が一番後ろまで行って、窓側に座った。そして、車窓の外に広がる畑をぼんやり眺めながらつぶやく。

「埼玉だろ？　名古屋より遠くね？」

軽口には応じないで、微《かす》かに首を傾《かし》げるに留めた。

「けど、ずいぶん急いでるんだな。その日のうちに、とは」

「たまたま、休みだし」

「明日だって、仕事ねえじゃん」

「わたしはそうですけど」

「あ、おれね」

「それより何より、一日も早くと、そう望んでいるから」

望んでいるのは、もちろん依頼主だ。

「お客さまは神さま、じゃなくて仏《ほとけ》さまか」

恵介はへらへらと笑った。しかし、依頼主の具体的な内容については、津多恵が事前に口にしないことはわかっているので、それ以上何も言わなかった。

「相手、父親って言ってたよな」

「はい。実家とはずっと音信不通だったそうです。もともと豊かな農家で、父親はかつて、町会議員を三期務めていたとか」

「町会議員ねえ。地元の名士ってわけか」

興味なさそうに、恵介が言った。

その家の最寄りのバス停に着いた時には、午後四時を回っていた。そこから歩くこと七、八分で、目指す家に到着した。

「へえ、でけえ家じゃん」

大谷石の重厚な塀の向こうに見えた、瓦屋根の二階建て家屋は純和風で、庭もよく整っていた。丸く刈られた植栽はサツキだろうか。きれいな球形で緑が鮮やかだった。都心よりも幾分春が遅いためか、枝垂《しだ》れの桜は、紅《べに》のつぼみを膨《ふく》らませるばかりで、花は、白木蓮《はくもくれん》が盛りとばかりにあでやかに咲き誇っている。どっしりとした岩に囲まれた池には、錦鯉《にしきごい》が見えた。これほどの庭を持つ家の主は、いくら都心とは地代が違うとはいえ、かなりの財産家であることがうかがわれた。

津多恵は思わずため息をつく。こんなりっぱな家に住む人の息子が、なんであんなことになったのだろう。そう思うとやりきれない。もっとも、それより心配なのは、もう八十近い老人が、津多恵の話を信用してくれるかどうか、だ。頑固で子どもに厳しく接したという父親だ。

いかめしい木造の門の前に立ち、インターホンを押す。

「はい」

と、落ち着いた女性の声がした。

「あの、山門《やまと》と申します。三代《みしろ》俊作《しゅんさく》さんはご在宅でしょうか」

「はい？　ご用件は」

アポイントは取っていない。急いでほしいと言われたが、レインの休日にうまくぶつかった。それに、相手が在宅していることは、依頼主の保証つきだ。もっとも、埼玉だから近場だと高を括《くく》っていたことが、計算外ではあったが。

「あの、三代勇作《ゆうさく》さんのことで、お伝えしたいことがあります」

「少し、お待ちください」

プツッと小さな音がして、気配が消える。

「三代勇作ってのが、死んだ人？」

恵介が聞いた。

「はい」

「なんか、やばい死に方したのか？」

「そういうわけじゃないけど」

津多恵は言葉を濁《にご》した。

そのまま、二人はずいぶんと門の外で待たされた。恵介がいらいらしながら、

「もう一回、押してみようぜ」

と言った時、ふいにインターホンの向こうから声が聞こえた。

「どうぞ、お入りください」

それは、先刻と違って、男の声だった。声の主が、俊作なのだろうか。それにしては、若々しいようにも感じられたが。

門をくぐり抜けて玄関に向かう。家屋の背後にある別棟は納屋か何かなのだろう。門の外からの眺めは美しかったが、中に入って全体を見渡すと、現役の農家らしい雑然とした気配も感じられた。

玄関が開いて、そこに現れたのは、恰幅のいい中年の男。とすれば、俊作ではない。おそらく、インターホン越しに聞こえた声の主だろう。

近づいてくる津多恵たちを見て、男は微かに眉を寄せると、吐き捨てるように言った。

「ろくでなしの弟のせいで、とんだとばっちりですよ」

どうやら、勇作の兄らしい。それでも、津多恵たちは、応接間とおぼしき明るい部屋に通された。外観と異なり、そこは洋間で、ダークブラウンの板の間に厚い絨毯《じゅうたん》が敷かれ、革張りの黒いソファとガラスのテーブルがあった。

ソファに座っていると、老婦人が茶を運んできた。

「どうぞおかまいなく」

津多恵の言葉に、老婦人は、ちらっと顔を上げたが、すぐに目を落として、部屋の外に出ていった。残された津多恵と恵介は、またしばらくの間、待たされることになった。

「ろくでなしだったのか?」

兄とおぼしき人の言葉をなぞりながら、恵介が聞いた。

「そんなことまで、わたしにわかるわけがありません」

「そりゃあ、そうだよな」

こつこつと足音が響いて止まり、扉が開いた。まず、先ほどの老婦人が、背を向けるようにして、老人の手をつかんで入り、続いて老人を後ろから支えながら、玄関に迎え出た男が入ってきた。老人は右足が不自由のようだった。この人こそが、三代俊作なのだろう。

小柄で痩《や》せており、大柄な息子とは顔立ちもあまり似ていないようだった。息子に導かれて、俊作が一人がけのソファに座る。続いて、隣のソファに息子が座り、老婦人は、スツールに腰掛けた。

「わしが、三代俊作です」

老人が名乗る。脳梗塞か脳出血か、その類《たぐ》いの病《やまい》を患《わずら》っての後遺症か、言葉がやや聞きづらいが、不明瞭というほどではなかった。

「勇作の兄の俊一《しゅんいち》です」

「母の紀代子《きよこ》です」

と続いて名乗る相手方に、神妙に頭を下げながら、津多恵は鞄《かばん》から名刺を取り出すと、一瞬迷ったが、俊作に手渡す。皺深い手が少し震えながら名刺を受け取った。

「弟は、本当にろくでもないやつでした。子どもの頃から、我が家の恥さらしです。親の金で、まあ今さら、恥も外聞もないから言わせてもらえば、金の力で東京の大学まで入れてもらいながら、一年も経たずにやめてしまった。それからは、定職につくこともなく、夢みたいな妄言ばかり口にしてました。山っ気だけは強くてね。そのうち、盆暮れにも戻らなくなった。あげくに行方をくらまして、二十年ぶりの消息が、死んじまったっていうんだから、情けない。三代家の恥さらしです」

苦々しげに語る俊一の言葉に、紀代子が頼りなさそうに視線をさまよわせた。しばしの沈黙のあと、おもむろに俊作が口を開く。

「わしは、息子は二十年前に、死んだものと、思っとりました」

「だからって、あんな風に死ぬなんて。人を殺《あや》めたり傷つけたりしたわけじゃない。本当は、気持ちのやさしい子なんですよ」

紀代子は、ハンカチで目頭を押さえた。

「母さん、いつもそうしてかばうが、一番苦しんだのは、母さんじゃないか」

思わず、詰《なじ》るように言ってから、俊一は顔を津多恵に向けると、再び口を開く。

「あんたたちも、知ってるんだろ。あいつはどうやら、人様に迷惑をかけただけの人生だったようだ。死んだことがわかった当初は、あいつに金を貸していたという人間が何人も来ましてね。昔なじみにもいましたよ。証拠なんか、ありゃあしません。でも、最初のうちは、ばかなことに、母は、言われるままに金を渡してやりました。なに、せいぜいが数万のことだから。いや、最初に来た男には、たしかに金を借りていたのかもしれない。話にも信憑性《しんぴょうせい》があった。しかし、あとから来た中には、言われるままに金をくれたと聞いてやってきた輩《やから》もおったでしょう」

一気にしゃべった俊一が、憤懣《ふんまん》やるかたないという風に吐き出した鼻息は荒い。恵介が眉を寄せて津多恵を見た。死んだやつはいったいどんな男だったのか、という風に。それには気がつかなかったのか、俊一はまた言葉を継ぐ。

「あんたたちが、勇作にどんな迷惑を被《こうむ》ったのかは知りませんがね、しかし、もうあいつが死んでから、いや、死んだことがわかってから半年以上も経つんだ。今さら、何か言われても困るんだ。親父はこのあたりの名士だったが、もうこんな年寄りだし、うちも決して楽なわけではない」

俊一は、髪に白いものがだいぶ目立つ。八十になるという俊作の長男とすれば、五十前後というところだろう。しかし、語気こそ荒いが、若輩の津多恵たちに向ける言葉は存外丁寧である。

「いえ、わたしたちは勇作さんから、迷惑をかけられたわけではありません」

慌てて津多恵が言った。

「違う、んですか？」

「はい。あの、勇作さんから、お父上の俊作さん宛ての、ご伝言を承っているものですから」

「伝言？」

はっとしたように紀代子が顔を上げた。

「あんたは、あいつに、いつ会ったんですか」

俊作が聞いた。

「直接お目にかかってはおりません」

「じゃあ……勇作とはどのような？」

「実は、詳しいことは、あまり知らないのです」

俊作と俊一が戸惑ったように顔を見合わせた。

「弟が、どのように死んだかは？」

「それは、週刊誌で、少し」

「それでさっき見てたのか」

と、つぶやいた恵介の目には明らかに非難するような色がある。少しは話してくれと言いたいのだろう。しかし、恵介はすぐに声を落として、津多恵の耳元でささやいた。

「じゃあ、勇作さんって人、有名人なのか？」

「有名人ですとな？　まあ、名はまったく知られてませんが、このあたりの者は皆、事情を知っているでしょう。弔《とむら》いを出さないわけにもいきませんしね。勇作は、大阪の四畳半一間のアパートで、餓死したんですよ」

俊一の言葉に、恵介は口を大きく開けて、それから手でふさぐと、かろうじて声が出るのを抑えた。

「ニュースにもなったし、週刊誌の記事にもなりました。中年男、大阪で孤独のうちに餓死。一ヵ月以上気づかれず。チラシ広告の裏に、『母さんのおにぎり食いたい』。まったく何という恥さらしだ」

恵介は、ようやく先刻からのこの親子の態度に得心がいったという風に、二度三度頷いた。

「それで、勇作からの伝言というのは？」

おずおずと、紀代子が切り出した。津多恵は、紀代子の方ではなく、俊作を正面から見つめて、押し殺したような声で言った。

「大変申し上げにくいのですが、ご伝言をお伝えするにあたり、お伝え料をいただかなくてはならないのです」

さりげなく渡した名刺を指さすと、すっと俊一が父の手から名刺を奪い、書かれた文言を読む。

「ことづて屋？　山門津多恵？　お伝え料？　一万円から？　何だこれは」

それまで、津多恵たちにも、思いの外《ほか》丁寧な言葉で接していた俊一の眉がつり上がった。

「怪訝《けげん》に思われるかもしれませんが、お伝え料をいただくことで、お客さまからのご伝言をお伝えする。それを生業《なりわい》としております」

「ばかな！」

と声を荒らげそうになった俊一を、紀代子が制した。

「たった一万円で、あの子からの何がしかの言葉が聞けるなら、いいじゃないの」

そして財布から一万円札を出すと、テーブルの上に置いた。恵介が、軽く一礼してから受け取り、四つにたたむと巾着《きんちゃく》に納める。

津多恵は、金を出した紀代子にではなく、俊作に向かって頭をゆっくりと下げた。

「では、お伝えします」

やや間が空いて、再び津多恵が口を開いた時、声音は少しだけ変わっていた。といっても、もちろんそれはあくまで津多恵の声なのだけれども。

「父さん。さぞかし腹を立てているだろうね。何の親孝行もできなかったこと、本当にふがいないと思っている。その上、こんな風に世間を騒がせて死んでしまったんだからな」

その言葉を聞いたとたん、三人が一斉に顔を上げた。そして、俊作が、真っ直ぐに津多恵を見つめて、苦しそうな声を出す。

「い、今、何、と、言ったの、かね」

「世間を騒がせて死んでしまったんだからな、と……」

「やっぱり、あんたらは、騙《かた》りかね」

俊一が怒鳴った。

「違いますよ。この人は、死んだ人からの伝言を伝えているんだ」

恵介が負けずに怒鳴った。

「まさか」

俊一が父の方に顔を向けたが、俊作は何も言わなかった。

「嘘ではありません。わたしのお客さまは亡くなった方なのです。信じられないのも無理はないでしょうが、本当なのです。本来、頼まれた方から代金をいただくべきなのですが、それができないので、しかたなく、お伝えする相手の方からいただいております」

真顔で語る津多恵を、俊一はまだ険しい顔で睨みつけている。

「本当なんです。実は、おれも、大切な人を失ったんです」

老父ではなく、息子の俊一を見つめながら、恵介が訴えるような声で言った。

「大切な人とは?」

「恋人、だけど。いきなりおれの前から姿を消しちまって。この人が、おれへのメッセージを伝えてくれたんです」

「それを君は信じたのかね」

　恵介は正面から俊一を見て、切なそうに眦《まなじり》を下げた。

「だから、ここにいるんです」

「あの。代金をいただいたので、続けてもよろしいでしょうか」

と、津多恵が言った。その言葉には妙に抗《あらが》いがたい雰囲気があったようで、気圧《けお》されたように、紀代子が頷いてしまった。

「では、続けます。……おれは、ほんとにろくでなしだった。何をやっても長続きせず、結婚もできず、親の期待を裏切り続けて。親父の言葉として、最後に聞いたのは、二度と帰ってくるな、おまえなんぞ勘当だ、というのだから、思い出しても心が痛い。その言葉が今も耳に残っているよ」

「あなた、たしかに電話口でそう怒鳴ってましたね」

　紀代子がつぶやくと、俊一が眉を寄せながら、

「母さん、それは、いつのことだ？」

と、問う。

「ちょうど二十年前の、五月三十一日よ。あれが、あの子の声を聞いた最後だから、忘れようったって忘れられない。知っているのは、わたしとお父さんだけ」

「じゃあ、なぜ？　おれも知らないことをあんたが？」

俊一の表情が、先刻の怒りを露《あら》わにしたものから戸惑いへと変わった。

「なぜ、と言われても、勇作さんご自身の言葉をお伝えしているだけですから」

母と息子は、顔を見合わせてから、先の言葉を促すように津多恵を見つめる。

「……生涯、結婚することもなかった。きっと、親父もおふくろも、兄貴も、義姉《ねえ》さんも、恥さらしだと思っているだろうし、おれなんか、幸せな暮らしには無縁だったと思っているだろうな。たしかに、羽振りのよかったこともないし、暮らしは悲惨なことが多かった。貧乏暮らしで、食うに困り、人の道に反するようなこともした。犯罪者として捕まらずに済んだのは、大きな罪を犯すほどには、意気地がなかっただけだ。こんな恥さらしだから、帰るに帰れなかった。何しろ、親父は町会議員も務めたし、兄貴は、地元の顔役だ。農協の理事をやっているんだろう。そのへんのことは、何となく耳に入ってくるものでね」

自分のことにまで、言及されたためだろうか、今や俊一の顔からは、すっかり険《けん》が取れていた。それを目の端に捉えながら、津多恵は静かに続ける。

「ここ数年は、特にひどくて、貧乏のどん底だった。生活保護を受けた方がいいと言ってくれた人もいたけれど、親や兄弟はいないのかと問われて、手続きもできなかった」

「窓際作戦って、やつか」

と恵介がつぶやいた。俊一の顔がぐにゃりとゆがんだが、老父の表情は変わらなかった。

「寂しい人生だと、呆れているだろう。だれにも尊敬もされず、だれにも頼りにもされず、何の役にも立たず、愛されることもなく、おれなんか、生きてる意味がなかった、そう思っているだろうな」

紀代子が嗚咽《おえつ》をもらす。たまらず、俊一が口をはさんだ。

「そこまで他人に言われる筋合いはない」

「彼女が言ってるんじゃな……」

慌てて恵介が割り込む。しかしその言葉を遮《さえぎ》るように、俊作が言った。

「まったく、もって、その、とおりだ。おまえなんぞ……」

俊作の握りしめた左拳が、ぶるぶると震えていた。思わず表出してしまった怒気。だがすぐに、元の表情に戻った。

「でもね、親父……」

津多恵は、そこで一息入れてから、ちらっと紀代子の方に目を向けて、言葉を続けた。

「おれにだって、幸せな時はあったんだ。こんな、おれを愛してくれた、そんな人がいたんだ」

「本当に？」

紀代子が唇を震わせながら、首を傾げる。

「まさか。だったらなぜ、だれも何も言ってこないんだ。どれだけ寂しい弔いだったか。あいつの人生を象徴するような」

目を怒《いか》らせながら声を荒らげた俊一を見て、ふと、津多恵は思った。迷惑ばかり被ったという兄だけれど、この人は案外、弟をずっと気にかけていたのかもしれない。

「信じてほしい。その人とは、一時、ともに暮らした。といって添い遂げられたわけではないし、結局は、愛想をつかされたことになるのかな」

「それはいったい、どこのだれなんだ？」

俊一が反問する。もちろん、津多恵に答えることはできない。伝えられるのは、勇作が語ったことだけだから。

「おれよりずいぶん若くて、もったいないような人だった。彼女との会話を思い出すよ。あれは、ともに暮らし始めて二ヵ月ほど経った初夏だった。彼女の誕生日は六月の初めだったんだ。好きな花を問うと、カサブランカだというので、おれは、花屋でいっぱい買って、部屋に飾ったもんだ。とてつもない散財だったが、喜んでくれたよ。ぽろっと涙を流して……。幸せだった」

津多恵がまた一息入れる。少し息苦しさを感じて、肩で呼吸する。疲労を察したのか、恵介が、テーブルの紅茶を手前に寄せてくれた。カップを手に、一口飲む。その間、だれも口をきかなかった。

「もしも、おれが死んだら、君の好きな、カサブランカでも手向《たむ》けてくれ。おれがそう言うと、彼女は、縁起でもないことを言うなと、本気で怒ってくれた。だから……」

津多恵は、真っ直ぐに俊作を見つめた。

「寂しいだけの人生だったなんて、思わないでくれ。おれはおれなりに、充実した日々を過ごしたんだ。そのことだけは、わかってくれ」

そこで、津多恵の話は終わった。

しばらく、だれも口をきかなかった。紀代子が静かに涙を流し、時折、洟《はな》をすする音だけがした。その何とも言いがたい沈黙を破ったのは、俊作だった。

「よく、できた、物語でした」

「父さん！」

「死者の、言葉など、伝えられる、わけはない。しかし、わしたちを、慰め、励ましてくれていると思えば、一万円など、安いもんじゃ。そう、思わんか、俊一」

「しかし……」

「あいつがどれだけ、ろくでなしかは、わしたちが、一番わかっておる。あいつとの、どんな縁か、わからんが、礼を言います」

俊作は、津多恵に向かって言うと、不自由な半身を折り曲げて頭を下げた。

津多恵にそれ以上語る言葉はなかった。礼を返して立ち上がると、戸口に向かう。部屋を出る時に、もう一度津多恵は俊作に頭を下げ、恵介は倣《なら》うように中途半端なお辞儀をする。

紀代子と俊一が、外まで送りに出た。

「信じてもらえなかったか」

と、恵介がつぶやく。

「それは相手方の事情ですから。わたしは伝えるだけです」

恵介にだけ聞こえるように、津多恵が答えた。それに、実際のところ、津多恵が語ったことを、本当は俊作がどう受け止めたかは、だれにもわからない。もちろん、紀代子の思いも、俊一の思いも。紀代子はたぶん、津多恵の言葉を信じたがっているようだった。俊一は半信半疑というところか。しかし、俊作は……。部屋で対峙しているうちに、一度だけ、怒気を抑えるように拳を震わせたが、おおむね、穏やかな顔で聞いていた。謹厳《きんげん》な頑固者と聞いていたが、三人の中では、一番静かだった。それがなぜだか、妙に悲しく感じられた。

「ところで、カサブランカというのは、どんな花ですか」

俊一の声に津多恵は我に返る。

「百合《ゆり》ですよ。大輪の白い百合。百合の女王と言われているとか」

説明したのは恵介だった。津多恵も、カサブランカが大きな白百合であることぐらいはわかっていたが、百合の女王とは知らなかった。だが、その言葉を聞いた紀代子が、びくんと顔を上げて、俊一を見る。

「俊一……」

俊一も、硬い表情で頷く。

「ちょっ、ちょっと待っていてください」

紀代子は、いったん玄関の奥に姿を消した。

「カサブランカが、どうかしたんですか？」

と、問う恵介に、見当違いな言葉が返ってきた。

「ここまでは、バスで？　本数が少なくて大変だったでしょう」

「はい。でも、わりとタイミングがよかったです」

津多恵が答える。

「駅まで、送るから、ちょっとここで待っていてください。車回してくるんで」

俊一は、返事も聞かずに、家の裏の方に走っていく。

「どうしましょう？」

「バスの時間わかんねえし、いいんじゃね。送ってもらえば」

と、恵介は呑気《のんき》そうに答える。

しばらくそのまま、庭先に立ってあたりを見回す。太陽はすっかり傾いて、間もなく、なだらかな山並みに飲み込まれようとしていた。地平線に近い空が、黄昏《たそがれ》色に染まっている。

谷中からは、天気のいい日に、高いところに上らなければ山並みを望むことはできない。もっとも、見えたとしても山並みははるか遠い。

「山が近いですね」

「っていうか、半分山の中だし。よかったかもなあ。終バスに間に合わねえとこだったかも」

徐々に色を変えていく空を見上げながら、急速に空気が冷えていくような気がした。東京のすぐ隣の県とはいえ、山に近いこのあたりは、都心に比べれば朝夕の気温はずっと低いのだろう。

クラクションを鳴らす音がして、津多恵たちは、門の外に向かった。少し離れたところにトラックが止めてあって、ドアから俊一が顔を出した。

「すいませんね、こんな車で。乗用車の方は、うちのが子どもを迎えに行っていて」

「いえ、助かります」

と、如才なく恵介が答えて、まず自分で乗り込んでから、津多恵の手を引いてくれた。そこへ、紀代子が白いポリ袋をぶら下げてやってきた。

「これ、うちで穫れたネギですが、よかったら召し上がってください」

袋からネギの先がのぞいている。中にはネギだけでなく、芋や林檎《りんご》も入っていてずっしりと重かった。

「じゃあ、母さん、ちょっと駅まで行ってくるよ」

　俊一が車を発進させる。門の外に立つ紀代子が軽く頭を下げる姿がバックミラーに映る。それもすぐに見えなくなった。

「百合の花に、驚いてましたね」

　待ちかねたように、恵介が聞いた。

「ああ……。あったんですよ。ちょうど、四十九日の法要を家族だけで済ませた日。墓に大きな白い百合が。見事な花だった」

「お墓に？」

「だれが置いたのかと。寺の人に聞いてもわからなかった。およそ、墓に飾るには相応《ふさわ》しくない花だが、忘れ物やいたずらというには、豪華すぎる」

「で、どうしたんですか？　その花」

「置いておきました。墓の花挿しには入らなかったんで、寺で大きなびんを借りて。一本だけ、うちの……わたしの妻が手にとって、父に見せるために持ち帰りました。父は、あの足ですから、墓参りには……。むろん、父にも心当たりなんぞあるわけがなかった。花はしばらく持ちました。今日、やっとそのわけがわかったような気がする」

「じゃあ……」

と、恵介が何か言いかけて黙る。続く言葉は、信じてくれたんですか、だろうか。

「とんだ恥さらしな男でした。でも今は、あんなやつのことでも、思ってくれた人がいたことを、ありがたいと思いますよ。あんたらのおかげだ」

「それが、役目ですから」

ぽつりと、津多恵が言った。

「死者の思いを伝えるなどというのは、ずいぶんと苦しかろうな」

津多恵が黙っていると、恵介が代わりに答えた。

「でも、伝えられないともっと苦しいみたいなんで」

「そういえば、あんたも、この人から、死者の伝言を聞いたとか」

「そうですよ。おれの恋人。わけもなく姿を消しちまったんです。おれは、荒れたし、すっかり人間不信になってしまいました」

その頃を思い出すかのように、恵介は苦々しく顔をゆがめる。

「その人が亡くなって?」

「まあ、そんなわけです。いきなりこいつ……この人が現れて、彼女からの伝言があるって。ひでえ話だった」

「ひどいとは?」

「おれに飽きたとか、自分はほかの人を好きになってうまくやってるとか……」

「それは……つまり、嘘だったと？」

「ええ。あいつは死んでたんですから」

「じゃあ、なんで亡くなったとわかったのかい」

「実は、おれ、知ってたんです。この人が訪ねてくる少し前に、偶然、彼女の友人に会って」

口をはさむことなく、恵介と俊一が話すことを聞きながら、津多恵は初めて恵介と会った日のことを思い出していた。

別れた恋人の名を口にしたとたんに向けられた視線。恵介は、様々な色合いの糸が、ぐちゃぐちゃに絡まって固まったかのような、解きほぐすこともできない感情を抱えていた。しかし、津多恵に託した香川友美《かがわともみ》の言葉を聞いた後で、元恋人の死を知っていたと恵介が告げた時、絡まった感情の糸がするすると解けていくのを、津多恵は感じた。

「まあ、そんな縁で、こうしておれは、山門津多恵の助手っていうか、プロデューサーっていうか、そんな感じでやってます。変な二人組だと思ったでしょ」

「まあ、そうだな。彼女は、真面目そうで、楚々とした美人というか」

そこで、恵介が小さく噴くが、俊一は気づかなかったようだ。

「しかしあんたは、ちょっと軽薄というか、今時の若者に見える」

「今時の若者なもんで」

へらへらっと恵介は笑ったが、それはつい自分語りをしてしまったことへの照れ隠しだろうと、津多恵は思った。

「あんたには、よくそんなことがあるのかな」

俊一は、今度は津多恵に言葉を向けた。

「そうですね。望んでのことではありませんが」

「そりゃあまあ、そうだろうが……。昔から、その、そういった体質だったのかな」

「いえ。初めて、わたしに語りかけてきたのは、母でした」

「なんと……」

「死んでから五年後の命日で、父に宛てた言伝てを。でも、父は……お父上と同じです。信じませんでした」

「そうか。だが、親父はどうだろう。内心では、信じたんじゃないかと思う」

「カサブランカのことは？」

「おふくろが伝えたみたいだ」

「そうですか」

「どんな人だったのだろうか。百合の花の女性は……。あんたみたいに、たおやかな人だったのかな」

俊一は、微かに目を細めると、切なそうに笑った。

「見かけた人は？　百合の花を持った女の人とかを」

と恵介が聞く。俊一は、ただ首を横に振った。

「たぶん、君たちとも二度と会うこともないだろうが……。親父は、自分がすぐに、勇作に会うことになるのだから、ってね」

「えっ？」

「弟のことがわかる少し前に、脳梗塞で右側やられたんだが、それより前に癌を患っていてね。余命宣告の刻限は、もうずいぶん前に過ぎているんだ」

「…………」

「もしかしたら、あんたたちを、待っていたのかもしれないな」

消え入りそうなほど小さな声だった。


二人が電車に乗ったのは、駅に到着して五分ほど後のことだった。

「タイミングよかったな」

空席の目立つボックスシートにどっかと座り込みながら、恵介がつぶやく。ずっしりと重い農作物の袋は、恵介が足下に置いた。すでにすっかり暗くなった時間、都心に向かう電車は空いていた。津多恵は、恵介と向き合って座った。座ったとたん、何だか息苦しさを感じた。さっきまでは緊張していて意識しなかったのだが、厚塗りの化粧が、身にこたえるのだ。

「お化粧落としたい」

「ここでか？　電車の中で化粧するよりみっともない。我慢しろよ。楚々とした美人の、たおやかなおねえさん」

思わず睨みつけるが、どうしても迫力に欠けるのは否《いな》めない。いつもどおりの皮肉を帯びた笑みを浮かべている恵介だが、目つきはやさしい。そういえば、今日の恵介は、ずいぶんと自分語りをした。珍しいことだ。

今回の仕事がうまくいったのか、そうでなかったのか、にわかには判じかねた。

「死ぬ運命だとしてもさ、看取《みと》りたかったろうな」

「ああ……」

津多恵は思わず、嘆息をもらす。すべてというわけではないが、津多恵に言伝てを託す死者たちは、看取られることなく死んだ者が多い。思いを残しているわけだから、それも宜《むべ》なるかなというところか。母もまた……。

「おれだって、なぁ」

ふと、恵介の恋人だった人の顔がよみがえる。言伝てを終えてかれこれ一年以上になるから、声は耳に残っていない。

恵介に見せられた、スマホの中で笑う友美は、美形の恵介の隣に並べたら、やや見劣りするといってもいいくらいな印象の、見るからに真面目そうな女性だった。伝法な言葉遣いを装い、嘘を並べた人とは思えなかった。恵介を思えばこその悲しい芝居。伝えきることができなかった津多恵だが、そのことに後悔はなかった。

ただ、地味な顔立ちながら、肌と髪がきれいな人だった。そこがポイントかなと思いながら、それすら持っていない自分を、少し憐《あわ》れんでみる。

目を閉じると、意識が落ちそうになる。でも、何だか今日は寝ない方がいいような気がする。寝てしまったら、恵介が寂しがるような気がする。それで、懸命に目を開き、視線を車窓の外と恵介の顔との間で行き来させる。ふと目が合った時、恵介がつぶやいた。

「カサブランカ、かあ」

「本当は、わたしは、百合はちょっと……」

「嫌いなのか？　歩く姿は百合の花って、美人の代名詞だろ」

「嫌いというよりも、何だか怖いというか。花が小さいのはまだいいのだけれど」

「まあ、たしかに、似合わねえし」

と、へらっと笑ったが、すぐに真顔になった。

「その、あんたに伝言頼んだおっさんだけどさ、もしかして、親父さんの死期が近いの、知ってたのかな」

「なんでそんな風に思うんです？」

「急いでたんだろ」

「まあ、そうですが」

「それにさ。書き残したのが『母さんのおにぎり食いたい』だろ。普通だったら、母親宛てに言伝て頼むんじゃね？」

「そうですね。でも、それは、わたしには与《あずか》り知らぬことですから」

もしかしたら、恵介の言うとおりなのかもしれない。けれどやはり、それは津多恵が詮索することではない。

「なるほどね。それが、あんたらしいか」

「長い一日でした」

「だよな。花見したのが、遠い昔みたいだぜ」

そうだ、今日は谷中霊園の花見から始まったのだった。

「けど、初めて見たな。見たっていうか、遭遇したっていうか」

「何をです？」

と応じながら、我慢しきれずに目を閉じる。

「だから、あんたが、語りかけられた、その瞬間」

「ああ、そのことですか。そうでしたね」

そう答えた時には、半分眠りに落ちていた。

「ったく」

呆れたように恵介が笑った気がした。

上野で乗り換えて二駅、日暮里についた時には、いくらか体が軽くなっていた。

「せっかくですから、霊園の中通りますか。夜桜が……」

と言うと、恵介は顔を顰《しか》めて首を振った。

「あんたねえ、なんで墓のそばに来ると、そんな元気なの？」

体力が回復しただけなのに、と思ったが口にはしなかった。そのまま、夕やけだんだんを下りて、素直にいつもの道を通って帰途につく。

レインは、休日なのに、ドアからは灯りがもれていた。恵介が扉を開くと、

「お帰り、花見はどうだった？」

と、能天気に明るい怜の声が耳に届く。けれど、津多恵の姿に目を留めた怜は、すぐに声をワンオクターブ落とした。

「って違ったみたいね」

「疲れた～」

と、恵介がソファになだれ込み、靴を脱ぎ捨てて足を伸ばす。

「とぼけすぎだよ、怜さん。花見は午前中だよ。おれたち、あれから農村見物。名古屋よ

り遠い埼玉。これ、お土産」

テーブルに置いたビニール袋を見た怜は、歩み寄って袋をのぞく。

「あら、ネギ？」

「どうしましょうか」

津多恵が怜に問うと、

「ネギぬた作ろうか」

と、少し嬉しそうに答える。怜は気まぐれに料理をするのが好きで、たまに手料理をごちそうしてくれることもある。

「怜さんに任せるよ。いいだろ。芋もあるし、林檎も入ってるって」

「じゃあ、とりあえず、林檎むくわね」

と、怜は袋ごと手に取って、奥に引っ込んだ。

ソファを独占されているので、津多恵はカットチェアに座った。けっこう長い時間が経っているのに、不思議と化粧くずれしていない。そっと唇に人差し指で触れてみると、微かにルージュの色が指の腹についた。

「着替えてきます」

そして、化粧も落とそうと思って立ち上がった時、

「津多恵ちゃん！　ちょっとこれ見て！」

と、奥から怜さんが飛び出してきた。

「何事だよ」

　恵介が半身を起こす。

「こんなものが、入ってた」

　怜が握っていたのは、白い封筒だった。表書きに、震える字で、〈山門津多恵様〉、と記してあり、封はされていなかった。津多恵が封筒を開ける。中には、白い紙に包まれた一万円札が五枚入っていた。

「あのじいさんだ……」

「津多恵ちゃん、いったい、何をしたの？」

「ほんの人助けってとこかな」

　恵介は津多恵を見て、にやっと笑った。津多恵は、その封筒をつかんだまま、不自由な口を動かしていた老人を思い浮かべる。神妙な顔でうつむいてしまった津多恵の気分を変えるかのように、

「いけない、林檎林檎」

と、怜が明るい声で言った。そして一度奥に引っ込むと、すぐに六つに割った林檎を皿に載せて現れた。

「一人二切れずつだぞ」

と、恵介がだれにともなく言うと、すぐにフルーツピックをつまんで口に運んだ。津多恵も一つ手にとって、林檎をかじった。じゅわっと果汁が口に広がる。酸味のきいた、なかなか歯ごたえのある林檎だった。

# 負け犬の意地

梅雨《つゆ》の走りの雨が続いていた。

早朝から昼までのアルバイトを終えた津多恵《つたえ》が、美容室レインをのぞくと、店内に客はなく、恵介《けいすけ》も怜《れい》も、暇そうな様子でおしゃべりしていた。珍しいこともあると思っていると、あろうことか、朝になって、三人立て続けにキャンセルの電話が入ったという。

「三時の予約まで暇だから、塗り絵でもやろう」

津多恵を見た恵介が、にたーっと笑った。

「そうだ、津多恵ちゃん、昨日タンス整理してたら、これが出てきたの。わたしはもう着られないから、あげる」

怜が手にしていたのは、プリント生地のワンピースのようだった。

「はい、あの、でも……」

「どれどれ」

とすぐに恵介がひったくり、広げてみる。

「うわ、シルクじゃん。どこのブランド?」

「さあ、どこだったかしら。ブランド興味ないし。それほど高くはなかったはずよ」

「やっぱ、いいものはしっかり作ってあるよな。いくらぐらいしたんだろ？」

「さあ、衝動買いだったから」

そんな二人の会話をぼんやりと聞いていたが、とにかく着てみろと急《せ》かされて、服を持って奥に引っ込む。着替えたワンピースはノースリーブのミニで、膝がすーすーする。

だが、着心地は悪くない。おずおずと二人の前に戻ると、怜の顔がぱっと明るくなった。

「あら、似合うわね。津多恵ちゃん、細いから決まってる」

「後ろから見ればだろ。前から見ても似合うようにするには、顔、なんとかしなきゃな」

と言いながら、恵介は顎をしゃくった。

「ひょっとして、塗り絵って、わたしの顔ですか？」

「わかってんじゃん」

強引に座らされた津多恵は、すぐにカットクロスをかけられてしまった。

「ついでだ、前髪少し切るか」

本人の意志などあったものではない。恵介は勝手にどんどんと、津多恵の髪を作っていく。しゃりしゃりと鋏《はさみ》の音がして、クロスの上に切られた髪が落ちていくのを、相変わらず見事な手並みだなと、他人事のように思いながら、津多恵は眺めていた。前髪は別として、毛先を揃えただけで、長さは変わらない。けれども、ぼさぼさした感じがすっかり消えたことは認めざるをえない。恵介は、ドライヤーを当てながら、ブラシだけで毛先をふうわりとさせていく。

「いっちょあがり」

手早くクロスを取って払った恵介は、今度はタオルを巻きつけて、メイクボックスを置く。

「何風がいいかなあ」

「今日は、仕事はないのですが」

と、いちおう言ってみるが、無視された。仕事とは、もちろん、言伝て稼業を指す。週に何回かの不定期アルバイトは、完全に内勤だ。弁当作りの補助やら荷物の仕分けやらで、すっぴんで通ってもだれも文句を言わない。津多恵が化粧をするのは、死者の言葉を伝えに行く時だけなのだ。

「フェミニンな感じがいいわね。かわいい系で」

脇から怜が口を出す。

「だな。けど、平面的な顔ってさ、案外化粧しがいがあんだよな」

勝手なことを言われながら、なんで唯々諾々《いいだくだく》と応じているのかと思うのだが、最初のうちは、あれほど息苦しく感じたメイクも、このごろでは、いくぶん面白味を感じてきているることは否定できない。まさか自分に、ある種の変身願望があったとは、と刻々と変化していく鏡の中の顔を見ながら思う。

「まあ、津多恵ちゃん、よく化けたこと」

感心したように言う怜の言葉はいつもと同じだ。はい、化けてみました、と心の中だけでつぶやく。

「すげえなあ、おれ」

と、例によって恵介が大仰に自画自賛した時のこと、ふいにドアが開いた。さっと冷気が入り込み、雨の音が耳に届く。入ってきた女が、背を向けたまま外に向かって傘をたたむと、くるりと振り返る様子が鏡に映った。ウェーブのかかった栗茶のロングヘアが揺れた。

「いらっしゃいませ」

「あの、予約してないのだけれど、いいかしら？」

低めのハスキーヴォイス。どこかで聞いた声のような気がするが、顔には覚えがない。年齢は、三十代半ばというところだろうか。光沢のある赤いプルオーバーに細身の黒いパンツ姿で、やけに目化粧が濃い。恵介がきょとんとしているから、常連の客でないことはたしかだ。一見《いちげん》さんだろうかと思っていると、怜が、やや素《す》っ頓狂《とんきょう》な声をあげた。

「まあ、光《ひかり》さんじゃありませんか！　本当に、お久しぶりですね」

「ご無沙汰してます。怜さん」

怜が愛想よく笑顔を向ける。

「どうぞどうぞ。メニューはいかがします？」

「カットを」

「どのようにしましょうか？」

「ばっさり短く。心機一転よ。それで、怜さんに切ってもらおうかなって、さっき急に思い立ったの」

怜に誘《いざな》われて、光と呼ばれた女がカットチェアに座る。

「いやあ、見違えたなあ。すっかり雰囲気が華やかになって」

「まあ、多少は、はったりも大事だって、あたしも学んだってことよ」

「たしかに」

怜はなぜか、ちらっと津多恵を見た。その時、

「クロス！」

と、言う恵介の声が津多恵に向かって飛んできた。津多恵が慌《あわ》てて、クロスを取り出して、光にかける。最近では、時々、美容室の仕事を手伝うことがあった。といっても、シャンプーさえできないから、やれることといえば、せいぜいが、客にクロスをかけることと掃除、そして代金を受け取るぐらいで、日頃世話になっている怜へのお礼奉公でしかない。

怜がカット鋏《ばさみ》を手に、後ろに立つ。津多恵がレジカウンターに退くと、恵介も隣に立った。

「なんか、ここ懐かしい。このあたりは、変わらないわねえ」

光が目を細めてつぶやく。

「今日は、里帰りですか？」

「そんなとこ。母とまったり過ごしているうちに、レインのこと思い出して、急に、怜さんに髪切ってもらいたくなっちゃったの」

「昔なじみみたいだな」

恵介が津多恵の耳元で言った。

「大迫《おおさこ》さんは、知らない人なんですか？」

「初めて見た顔」

「なんか、声に聞き覚えがあるのだけれど」

「変なこと言うなよ」

恵介はぶるっと身を震わせた。

「あ、そうじゃないですよ」

声に記憶があったからといって、死人とは限らないではないか。

光という名前は多くはないが、取り立てて珍しいというほどでもない。以前にも、光という名前の人に、言伝てをしたことがあった。不機嫌そうな顔をした暗い感じの女で、名前は、瀬戸《せと》光といった。津多恵がそっと鏡の中の女を見た時――。

ちょうど髪がばっさりと切り落とされて、軽やかなショートヘアに変わった。津多恵は思わず息を呑《の》んだ。瀬戸光だ！　雰囲気がすっかり違っていたのでわからなかったが、ショートヘアになったとたんに、かつて一度会った女の顔が重なった。刑事ドラマの犯人捜しで、写真照合がヒットした、その瞬間を見ているような気分だった。

瀬戸光は、まだ恵介たちと出会う前に、ある女性の死者から、言伝てを頼まれた相手だった。突っつかれたダンゴムシのように、津多恵の背中が丸くなった。かつて出会った人と、再び顔を合わせたくはなかったのだ。けれどもすぐに、恵介にすねのあたりを蹴られて、顔だけ伏せながら背筋を伸ばす。恵介は姿勢にもうるさいのだ。

セットをし終えた光に、怜が二面のハンドミラーを開いて頭の後ろのカット具合を見せている。

「いいわ。すっきりした」

にっこりと笑う表情は、あの頃に比べてずいぶんと自信に満ちているようにも見えた。その一方で、どことなく気怠《けだる》いというのか、疲れも感じさせる。

——名前は、瀬戸光。三十三歳。元、わたしのアシスタント。

依頼主が津多恵に告げた言葉が、ふいによみがえった。

「怜さん。スタッフ、増やしたの？　客、いないのに」

光が津多恵と恵介の方をちらっと見てから、怜に聞く。

「けっこう繁盛してるんですよ。今日はたまたま、キャンセルが重なっただけ。雨だし」

そういえば、あの時も雨が降っていた。光は名前とは裏腹に、雨女なのだろうか。

「じゃあ、運がよかったのかな」

「そうそう。恵介のおかげで、けっこう繁盛してる。あ、でも彼女の方は、スタッフじゃないから。ここの二階の住人」

一瞬、目が合って津多恵はうつむく。けれども光の方は、

「そうなんだ」

と、適当な相槌を打ってから、すぐに恵介に目を転じる。

「イケメンだね」

「腕もいいですよ。今度、カット頼んでみてください。あ、でも。予約してもらわないとだめだけどね」

怜はどこまでも愛想がいい。

光は、恵介に向かって、笑いかける。

「わたし、瀬戸光。実家がこの近くなのよ」

「どーも、初めまして。美容師の大迫恵介です」

頭を軽く下げた恵介も、それなりに営業スマイルを作っている。幸い、光は津多恵には露《つゆ》ほどの関心も向けない。もちろん、かつて二時間も向き合った相手だなどと気づく気配

はまったくない。それも当然だ。光も、ずいぶんと雰囲気が変わっていたけれど、今の津多恵は、ずいぶんどころでなく変わっているのだから。塗り絵をさせておいてよかったのかもしれない。

「もてそうね。モデルにしたい。こう見えても、あたし、漫画家なのよ。ペンネームはマツタカユキコ。ユキコのユキは、ナイナイの矢部浩之のユキ。ひらがなの〈え〉に似た字よ。あんまり売れてないけどね」

「そんなことない。『夜の遊園地』、ヒットしたでしょう」

と怜が口をはさむ。

「あれは……原作つきの漫画だし、話題性で売れたの。あたしの力じゃない」

わかっている、という風に、津多恵は思わず頷きそうになって、慌てて顔の動きを止めた。

「でも、光さんの絵が支持されたんだと思うけどな」

「そう言ってもらえると嬉しいわ。とにかく、このままで終わるつもりはないから。もう一旗揚げたいと思ってるの。じゃあ、またね」

にこやかに笑みを振りまいて、光は出ていった。

「『夜の遊園地』って？」

ドアを見やりながら、恵介が怜に聞いた。

「レディースコミック。ちょっと話題になって、スマッシュヒットってとこかな。知らない？　けっこう面白かったけど」

「さすがにレディースコミックまでは手が出ねえ。話題性って？」

「原作がね、早川由梨亜《はやかわゆりあ》だったの」

「だれ、それ」

「漫画家ですよ。二年ぐらい前に、交通事故で亡くなった人です」

と、津多恵が言うと、怜が目を丸くした。

「津多恵ちゃん、レディースコミックなんて、読むの？」

「いえ。でも、早川由梨亜のことは、知ってます」

思わず顔が赤らんだ。

「ふーん、意外。でも、彼女の漫画は、エロティックな要素は少ないけどね。一般企業に就職したこともないのに、ＯＬの描写とかがうまい。っていうのは、昔、光さんから聞いた話だけどね。お葬式にはずいぶんファンが集まったとか」

「それって、まさか……」

恵介がじっと津多恵を見た。まったく、こういうところは、勘のいい男だと、津多恵は感心した。けれど、津多恵の稼業を知らない怜の前では、口にできない。

またドアが開く。

「じゃあ、この話はまたあとでね」

と、怜はささやきながら、ドアの方に顔を振り向ける。

「いらっしゃいませ」

入ってきたのは、恵介の予約客だった。


夕方は、ひっきりなしに客がやってきて、すべての客が帰ったのは、午後八時過ぎ。怜の提案で、宅配ピザを取ることにした。シーフードとマルゲリータのハーフアンドハーフだ。ついでにシーザーサラダとポテトも頼んだ。

「で、さっきの漫画家だけどさ、怜さん、よく知ってる人なの?」

一番大きな一切れを真っ先につかみながら、恵介が聞いた。

「そうね、昔からのお客さん。といっても、お店に来たのはかれこれ十年ぶりぐらいかしらね。実家がたしか、道灌山《どうかんやま》通りのあたりにあってね、そうそう、彼女のお母さんは、恵介も何度か会ってる。いつもわたしが切ってるけど、顔を見ればわかると思う。それで、光さんだけどね……」

ピザを食べながら怜が語った話の中には、津多恵が知ってることもあったが、知らないことの方が多かった。というのも、日頃漫画を読む習慣がない津多恵は、自分が由梨亜の言葉を伝えたことが、その後の光にどう影響を与えたかはまったく知らなかったし、興味を持つべきでないとも思っていたのだった。

不慮の事故で亡くなった早川由梨亜は、高校生のうちにデビューした漫画家だった。少女漫画からスタートして人気を得て、後にレディースコミックにフィールドを移していったが、少女漫画からのファンをそのまま引っ張っていったために、移った雑誌の売り上げに貢献したという。超大物とまでは言えないが、常に第一線で活躍しており、かなりの売れっ子であったことはたしかだった。

由梨亜より四歳年下の光は、一時期、由梨亜のアシスタントをしていたことがあった。その後、念願のデビューを果たしたものの、鳴かず飛ばずという状態だった。

由梨亜は決して美人というわけではなかったが、華やかな雰囲気があり、二十九歳の時、八歳年上の大学教師と結婚した。相手は現代社会を研究していて、若者論を記した本が話題になったという気鋭の学者。その結婚が吉と出た。漫画の中に夫の専門知識をうまく取り込んだ作品を発表して、ファン層が広がったのだ。

由梨亜と夫に、子どもはいなかった。由梨亜が子どもを望まなかったという噂があるが、真偽のほどはさだかではない。いずれしても、優雅でおしゃれな憧れのおしどり夫婦として、雑誌などの取材を受けたり、仲睦まじく過ごしているのを見たという情報が、ネットで話題になったりすることも多かったという。

ところが、二年前に、由梨亜が、突然交通事故で死んでしまう。その由梨亜が残した原案を、光が漫画にして発表したところ、陰影に富んだ光の絵柄とマッチしてスマッシュヒットした。それが『夜の遊園地』だった。雑誌に三回に分けて掲載され、すぐに一冊の単行本にまとめられた。

「ところがね、疑惑が生まれたの」

と、怜が津多恵と恵介の顔を交互に見ながら言った。

「疑惑って？」

「光さんは、自分の作品が、早川由梨亜の原案によることを明示して発表したんだけれど、それがフィクションじゃないかって」

「つまり、早川由梨亜の名前を利用したってこと？」

恵介が聞いた。

「そう。話題性を作ろうとね。光さんは、由梨亜から作品のプロットを聞いていて、それを作品化したのだと主張したけれど、信じない人も多かったようで、売名行為だとずいぶん叩かれてね。正直に原案者名を記したのにって、ひどく傷ついてた。でも、叩かれたことでまた売れたりするから、皮肉なものね」

「だけど、なんでそこまで疑われたのかな。そういう世界、よくわかんねえけど、出版社の人間、編集者とか？　間に入るの、いるんだよね」

「そうなんだけどね。なんといっても、物語が早川由梨亜のものらしくなかった。それに……光さんと由梨亜さんは、親しくはなかったから、作品を託される相手としても、相応《ふさわ》しくなかったってことでしょうね。光さん自身も、ちょっと癖のある人だしね」

「アシスタント、やってたのに？」

「最初のうちは、二年後、先生、先生って、そんなに年も変わらないのに、早川由梨亜を慕っていたの。でも、光さんは、由梨亜さんのところを飛び出すようにしてやめてしまった。それだけじゃない。実は、由梨亜さんの夫の若松尊仁《わかまつたかひと》は、光さんの大学の先輩で、光さんを通じて二人は知り合った。だけど、単純なキューピッド役、なんてものじゃなさそうで」

　ヒューと、恵介が口を鳴らした。

「略奪愛、とか？」

「そのあたりのことは、詳しくは知らない。とにかく、『夜の遊園地』の単行本が出た直後だったかな。由梨亜さんの原案を、光さんが作品化するなんてありえないって、業界に詳しい人がネットに書き込んで、それが広まったところからちょっとした騒動になった。光さんは、相当悪《あ》し様《ざま》に言われたみたい」

　はっとして、津多恵は顔を上げた。あれから、そんなことが起こっていたとは。でも、自分が考えた物語を、光が漫画にすることを、由梨亜が願っていたのは間違いない。何となれば、それを伝えたのは、津多恵だったのだから。

「で、どうなったの？」

「やっぱり、由梨亜さんの原作に間違いない、ってことが証明されたの」

「どうやって？」

「だんなの若松尊仁が、証言したの。遺品の中から、メモが出てきた。『夜の遊園地』のプロット。それをだんなが公開した。筆跡は間違いなく由梨亜のもので、妻の原案を守りたかったたと語った」

「へえ？」

「で、光さんの方は、一転、正直な人だってことになって、また本は売れた。でも、その次の作品は、あまり売れなかったみたい」

　そこまで話し終えた怜は、残っていたピザの最後の一切れを、口に放り込む。ちょうどピザも無くなったし話もおしまい、という風に紙の箱を素早く片づけると、怜は奥に引っ込んだ。

　再び現れた怜は、グレーのワンピース姿だった。

「へえ？　いいですね。そのロング丈、似合ってる」

と、恵介が笑った。自分には着られないスカート丈だと津多恵は思った。こんな服で階段を上ったら、間違いなく裾《すそ》を踏みつけてしまうだろう。

「恵介も一度着てみる？　今夜は、団子坂《だんござか》の飲み屋さんで、恒例の男は女装、女は男装っていうパーティなの。一度どう？」

「そういう趣味ねえし」

「けっこう似合うと思うけどな」

「ってか、こう見えてけっこうごっついんで」

たしかに、見た目の細さは怜も恵介も変わらないが、恵介が女装する姿は、想像できない。

怜はバッグを手にとると、扉を開いた。そして、

「あら、雨上がってる。じゃあ、恵介、戸締まりよろしくね」

と、艶然《えんぜん》と笑って、出ていった。そのとたん、恵介が待ちかねたように聞く。

「で？　知ってたんだろ？　さっきの漫画家」

「ええ、まあ」

「話せ」

なんで命令形なんだろうか、と思ったが、津多恵は、恵介になら話してもいいような気がした。

引き受けることになった言伝では、内容はともかく、依頼人の口調などは、伝えたあとにはたいていい忘れてしまう。しかし、早川由梨亜の声の調子などは、今も、記憶の底から引っ張りだせばよみがえらせることができそうな気がする。それほど、由梨亜の依頼は、

いた……」

風変わりだったのだ。

津多恵は、おもむろに話し始めた。

「あれは、二年前の、六月下旬のことでした。梅雨の最中で、あの日も朝から雨が降っていた。

例によって、さんざん道に迷ったあとで、津多恵がようやく光を訪ねあてたのは、午後四時頃だった。場所は、新宿区のワンルームマンションで、さほど激しい雨ではなかったのに、長い時間外を歩き回ったので、髪はくちゃくちゃで、足下もびしょぬれだった。

ドアホンを押すと、

「どちらさまですか」

というくぐもった声がした。

「あの、山門《やまと》と申しますが、瀬戸光さん宛てに、早川由梨亜さんからの伝言を承っております」

「早川由梨亜から？　あの人、死んだわよ」

「はい、知ってます」

長い沈黙だった。もう一度、ドアホンを押してみようかと思った頃、ようやくドアが開いた。

「いったい、何？」

　現れた瀬戸光は、ぼさぼさのショートヘアで、化粧っ気もなく、血色の悪い顔をしていた。服は、ジャージのワンピースだったが、いかにも寝間着と兼用の部屋着そのまま、という雰囲気だった。

「早川さんが、どうしても瀬戸さんにお伝えしたいことがあるそうです」

　胡散臭《うさんくさ》そうに津多恵を見た光だが、ふっと息を吐くと、広めにドアを開き、

「どうぞ」

と、言った。津多恵は、タオルハンカチを取り出して、ぬれた足を拭ってから、光について部屋の中に入っていった。床はフローリングで、壁一面の書棚と大きなテーブル。テーブルの上には、ラフ画と、筆入れされたケント紙が重なるように置いてある。テーブルの上に、ペンや色鉛筆、筆など、いろんなものが所狭しと置かれていた。

　冷蔵庫を開けながら、光が言った。

「適当に座って」

「はい。すみません」

　津多恵は、部屋の隅に、ちょこんと正座した。光は、トレイに缶ビールと柿の種を載せて戻ってくると、トレイを直接床に置き、津多恵に向き合って座った。

「お茶がなくて。ビールでいいでしょ」

「あ、すみません。わたし、お酒は」

「そうなの？」

「あの、おかまいなく」

「じゃあ、一人で飲むけど、いいかな」

「どうぞ」

光は缶ビールのプルタブを引っ張り、手酌でコップに移すと、一気に飲み干した。

「ちょうど喉《のど》が渇いてたのよね。あとでよけいに喉が渇くのはわかってるけど。あんた、水飲む？」

「あ、いえ、けっこうです」

「そう。で、話って？　っていうか、あんた、あの人の何なの？」

「何、とは？」

「アシスタント、じゃないわよね。親戚？　って感じでもない。ファン？　それも違うか。何か、秘密抱えてそう」

態度は突《つ》っ慳貪《けんどん》で言葉も荒いが、漫画家だけあって光の視線は存外鋭そうだった。

「はあ」

「どういう知り合いなの？」

「正確には、知り合いとは言えません。通りすがり、に近いかも」

「通りすがり？　面白い話ね。ネタにできそう」

声にからかうような響きがある。取り合わないようにしながら、津多恵は静かな口調で言った。

「早川由梨亜さんがおっしゃるには、あるストーリーを、瀬戸さんの漫画として作品化してほしいとのことでした。早川さんには、もうそれができないので」

「意味が、わからないんだけど」

「よろしければ、これから、ストーリーを、お伝えしますが」

「よろしくないわよ。意味がわからないって言ってるでしょ」

「借りを作ったままなのが、いやなのだそうです。お伝えするストーリーと瀬戸さんの絵が合わされば、必ずヒットするだろうと……」

「だれが、言ったのよ、そんなこと」

「ですから、早川由梨亜さんが」

「あの人は死んでるのよ」

「はい、知ってます」

「って、何この会話。さっき、したよね」

「はい」

「まさかと思うけど、死者の、伝言？」

「はい」

光は、缶に残っていたビールをコップに空けた。手が少し震えている。その震える手でコップを握ると、一気に喉に流し込む。それから、急に裏返った声で笑い出した。

「何、それ。何の冗談？」

「早川さんは、瀬戸さんのアイディアを盗用したそうですね」

光はコップを取り落とした。割れることはなかったが、わずかに残っていたビールが床に散らばる。

「なんで、そのことを、知ってるの？」

「早川さんが、そうおっしゃったからです」

「やめてよ！」

鋭い声で言って、津多恵を睨《にら》みつけたが、顔には明らかな脅《おび》えが現れていた。

「あの、怖がらないでください」

「怖がってなんか……」

「柿の種、いただいていいですか」

光が小さく頷くのを確認してから、津多恵はピーナッツと柿の種を手にとって、幾つかを口に運んだ。津多恵が普通に柿の種を食べる音を聞いて、光にはいくぶん落ち着きを取り戻したようだった。バッグからセーラムを取り出して、ライターで火をつける。ライターはありふれた使い捨てのものだった。部屋にはたばこ臭もないし、灰皿は見当たらない。たばこの灰は、ビールの缶に落としている。ということは、ヘビースモーカーというわけではなさそうだ。

「で？　いつ会ったの？　由梨亜の幽霊と」

たばこの効果があったのか、光の声は、会った当初の、ふてぶてしくもどこかなげやりな調子に戻っている。

「会ってはいません」

「なんか、あんたの言うこと、さっぱりわからない」

「すみません。声が聞こえるというか、頭の中に話しかけられるというか」

「……そういう体質ってこと？」

「どうでしょうか。どうしても伝えてほしいことがある、と話しかけられる、というか、声が聞こえてくることがあるんです」

「ふーん。けど、思い残したことがあるとしたら、普通はさ、家族とか、恋人とかじゃない？　あの人……だんなもいるし」

「それは、わたしには与《あず》り知《か》らぬことです」

「それはまあ、そうか」

「もし、よろしければ、お伝えしたいのですが。早川由梨亜さんの言葉を」

「ストーリーってやつ？　いいよ。話してみて」

「では、最初から、早川さんの言葉をお伝えします」

津多恵は、一度目を閉じてから、ゆっくりと目を開く。

「光。あたしにとって、あんたは、瀬戸光以外の何者でもない。あんたをペンネームで呼ぶつもりなんかないから」

光は乾いた声で笑った。

「その言い方。たしかに由梨亜っぽいわよ」

「あたしは、あんたが大嫌いだった。まあ、それはお互いさまかもしれないけどね。アシスタントとしてのあんたは優秀だった。漫画家としての才能がないわけじゃない。それは認めてあげる。事実、あたしのアシスタントで、デビューできたのは、あんただけだもの。だけど、あんたには、何かが欠けていた。だから、漫画もヒットしないの。だいたいね、漫画家に学歴なんて、要らないのよ」

「別に、学歴をひけらかしたりしたことなんかないでしょ」

と、光は津多恵を睨みつけてから、慌てて目をそらす。違った、由梨亜じゃなかったんだ、という風に。

「っていうか、学歴が邪魔してるっていうのかな。何も、才走った理屈っぽいところが悪いってわけじゃないのよ。まあ、それはあんたが、ほかのアシスタントに嫌われる理由にはなってると思うけどね、あたしはそんなことはどうでもいい。ただ、なんていうのかな、あんたは、常に、こんなはずじゃなかったという思いを抱えて生きてる。それでいて、自分を賭けることができない臆病者なんだから。要するに、捨て身になれないっていうか」

光の顔が赤く火照《ほて》っている。それはビールのせいでもなければ、腹を立てているせいでもないようだった。恥辱による赤面、とでもいった方がいいのかもしれない。由梨亜の言葉の中に、認めざるを得ないものを、自分で感じてしまっているのだろう。

「漫画家としてね、あんたは負け組。そして、あたしは勝ち組。それははっきりしている。それに、見た目をかまわないところも、負け組の負け組たる所以《ゆえん》っていうのかしらね。いい年して、みっともないのよ。自分をよく見せようと努力しない女って、最低」

「そんなこと、自分でもわかっているわよ」

光は二本目のたばこに火をつけかけて、やめた。

「でも、あたしは、あんたに借りがある。いつかその借りを返さないとって、ずっと思ってた」

「…………」

「だから、いい？　これから話すストーリーを、あんたが漫画にしなさい。そうすれば、きっとヒットするから。もちろん、あんたの名前でね」

「だれが、そんなこと！」

と、光はそっぽを向いた。しかし、その声を無視するように、津多恵は、由梨亜の作ったストーリーを語り続けた。ストーリーだけでなく、時折、ここはアップの顔がほしいとか、コマ割りにも指示が及ぶ。あらぬ方を向いて、ライターをもてあそんでいた光だったが、いつの間にか、引き込まれるように真剣に津多恵の話を聞き始めた。そして、話し終わると、緊張がほどけたというように、ふにゃりと肩を落とした。

「どうせ、真剣に聞いてなかったでしょう。もう一度話すから、よく聞いて」

それは、由梨亜の指示だった。たぶん光は最初は、そっぽを向いて聞かないだろうから、二度話してほしい、そう語ったのだ。津多恵が語り始めると、ラフを描いていた紙を引っ張ってきて、光はメモをとり始めた。といっても、それはばらばらとした単語や、矢印や記号、はてはいたずら書きのようなカットで、意味するところは、津多恵にはまったくわからなかった。

二度目のストーリーを語り終えた津多恵が、

「以上です」

と言って口を閉じる。

しばらく、呆然とした表情で津多恵を見つめていた光が、ようやく口を開く。

「なんで？　どういうこと？」

そう問われても返す言葉は津多恵にはなかった。

「ねえ、自分の考えついた話を、どうしても世に問うてほしいの？　死んでもなお、自分を売りたいの？　あたしが、そんなこと、引き受けると思う？　どういうつもりなのよ！」

津多恵はただ首を横に振った。

「ずるいな。自分が言いたいことだけ吐き出して、あとは全部、あたしがどうにかしろってわけ？　今のプロット、使うのも使わないのも？」

津多恵は黙ったまま、そっと柿の種に手を伸ばして、ゆっくりと口に運ぶ。カリカリと前歯でかみ砕かれる音が、沈黙を破る。ふいに、光が笑った。

「あんたって、変な子だね」

「すみません」

光は、つと立ち上がり、コップに水を入れて持ってきた。そして、

「喉、渇いたでしょ」

と、コップを手渡す。津多恵はありがたく受け取った。本当は喉がからからだったのだ。

「たしかに、早川由梨亜の才能は一級品だった。デビューが十七歳よ。若くして世に出るってのはね、それだけ才能があるってことの証明。もちろん、つぶれてしまう子だっているでしょうけど。それでも、彼女がものすごくメジャーってわけでもないのは、ある意味、玄人受けがいいっていうか、職人肌なところがあったからかもしれない。でも、そん

なところが、あたしは好きだった。少女漫画を描いていた頃からね。好きで憧れた。アシスタントになって、彼女のネームを見てめちゃくちゃ感激したっていうか。完成度が高いのね。ああ本当にこの人は、すごいなって思った」

「そんな才能のある人が、瀬戸さんのアイディアを盗用したのですか？」

「正直、忘れてた。というよりも、忘れたふりをしていたのかもしれない。少なくとも、あたしが、やってられないって啖呵《たんか》を切って、由梨亜のところを飛びだしたのは、盗用されたこととは無関係だった。でも、もしかしたら、心の底にはわだかまりが残っていたのかもしれないけれど、このアイディア、使っていい？　と言われた時は、むしろ名誉だとさえ思った。自分の考えたストーリーが、憧れの漫画家によって形になるんだから」

「じゃあ、なんで、アシスタントをやめてしまったのですか？　デビューが決まっていたとか？」

光は首を横に振った。

「あたしは、漫画家としては、遅咲きでね。十代デビューがそう珍しくない業界だけど、デビューした時には、二十五歳を過ぎていた」

迷った末に火をつけたたばこをくわえると、ふっと煙を吐き出す。微《かす》かにメンソール系の香りが漂ったような気がする。

「負け組か。そういえば、あの人、あたしがやめる時も、そう言ったな。学者先生と結婚した頃で、作品の評判もいいし、あの頃が、由梨亜にとって、人生の絶頂期だったかもしれない。もちろん、死ぬまで勝ち組。あたしは負け組、そんなことは、わかってる。でも、あの人がわかってないのは、人はだれもが勝ち組になりたいと必死に思っているわけじゃないってことよ。こんなはずじゃなかったって思いを抱えて生きてるですって？　冗談じゃない。とうとう、あたしのことなんて、わからないまま、逝《い》ってしまった。できるなら、あたしの方から、ふざけるなって言ってやりたい。ねえ、あんた、死者と話せるんでしょ、呼んでよ、早川由梨亜の霊でも何でも」

「声が聞こえてくるだけです。こちらから呼びかけるなんて……」

と、津多恵は懸命に事情を説明した。

「そっか」

光は腕組みして、考え込み、津多恵をじっと見つめた。急に不安になった津多恵は、おずおずと訊ねた。

「あの、まさか、こういうのネタにとか……」

「まさかよ。人が信じてくれない話でも、漫画という形なら、作品にできるかもしれないけど、そんな気ないし、死者がどんなことをあんたに託すのか、あんた、あたしが聞いたら話す？　わけないよね」

はい、と小さく答えて、津多恵はうつむいた。

「あたしがね、あの人のところをやめた本当の理由は、妊娠してたから」

「えっ？」

ふらっと立ち上がった光は、テーブルから小さな写真立てを手にとって、津多恵に見せた。中で、ランドセルを背負った少年が笑っている。

「かわいいでしょ」

「今は？」

「千駄木《せんだぎ》の実家に預けてる。母が面倒見てくれてるの。この間、二年生になったとこ。シングルマザーよ。相手に認知も求めてない。経済的にだって頼る気もない。いわゆる非嫡出子にしてるのを、親の身勝手と言われればそれまでだけど、今のところ、いい子に育ってるの。このことは、漫画家仲間はだれも知らない。もちろん、早川由梨亜も」

「…………」

「だから、わざとけんか別れみたいにして、一度人間関係をリセットした。でも、だれにも知られてないって、ずっとそう思ってたけど、まさか……。もしかして、知ってたのかな。この子のこと。父親のことも」

「まさか、あの……早川由梨亜さんのだんなさま、とか」

するといきなり光は大声で笑い出した。

「それって、ドラマの見すぎって感じ」

「いえ、ドラマは見ません。テレビ、持ってませんし」

「へえ。じゃあ、それだけドラマチックな人生を聞きかじってきたってことかしら？　まあ、たしかに、早川由梨亜とだんなを引き合わせたのは、あたしなんだけどね。あたしはただ、だれよりも、あの人に認められたかっただけ」

「あの人、というのは……」

「早川由梨亜よ。決まってるでしょ」

光の瞳から、すーっと涙が一筋流れた。何だか見てはならないものを見てしまったような気になった。

いつも思うことながら、人とは片面から見ただけではわからない。訪れた当初、光の印象は由梨亜が語ったままの人のように見えた。けれど今、目の前で静かに涙を流している光のことを、由梨亜はどれくらいわかっていたのだろうか。いや、そもそも、人が人をわかるなんて……。

「ごめんね。けど、よかった。伝言、しっかり承りましたって伝えてって、それはできないんだったね。もう二度と、あんたに語りかけてくることは、ないんだったね」

「はい。すみません」

「それ、口癖？　あんたも負け組人生っぽいね。あたしが言うのもなんだけどさ」

かすれた笑い声が響く。

「由梨亜も、どうせなら直接あたしに語りかけてくればいいのに」

「……わたしもそう願いたいところです」

「だよね。聞くのもしんどいでしょ」

曖昧に頷きながら、津多恵は立ち上がり、玄関に向かう。光も立ち上がった。

「小さい頃から、そうなの？」

後ろから、そう問われて、

「いえ。二ヵ月ほど前に、急に頭に声が響いて」

と、前を向いたまま答え、靴を履いてから、光の方を振り返った。

「なんで、死んでいる人だってわかったの？」

「五年前に死んだ母でしたから。その日は、母の命日で……父宛ての言伝てでした」

「じゃあ、その時から？」

「はい」

「お母さんが、何か呼び寄せちゃったのかな」

「……そうかもしれません」

「お母さん、あんたを頼りにしてたんだね」

「いえ、そんなことは……」

そんなことは、ない。むしろ、行く末を案じていたはずだ。父に似て愛想なしで不器用で、といって、傷つきやすいほどの繊細さもなく、ただぼんやりとした娘。そんな津多恵さえ、気づかずにいられなかった、両親の一時期の不協和音。それでも、「なんとかなるわよ」が口癖の母は、もともとが楽天的だったから、母の明るさに守られて、津多恵はぼんやりのまま、大人になってしまった。傍からどう思われようと、自らを卑下する気持ちとは無縁だった。だからこそ、光が言うように、だれもが必死に勝ち組になりたいわけではない、というのがよくわかった。

「けどさあ、変な話、あんたの言うことを、信じてくれる人ばかりじゃないでしょ」

光の声に、我に返った。

「はい。おっしゃるとおりです」

この人はやはり鋭い、と津多恵は思った。信じてくれなかっただけでなく、怪しい人に思われたりペテン師扱いされたこともある。

「そりゃあ、まあそうだよね。あたしだって、他人の話だったら、作り話だって思うよ」

「だれよりも、父が信じませんでした。現実主義者で、それこそ、霊魂なんて口にしようものなら、非科学的だと怒り出すような人でしたから。それがわかっていたからこそ、五年もかかったみたいです。どうせ、あの人は、信じてはくれないだろう、と思ったと言ってました。ただ、母も早川由梨亜さんと同じ、突然不慮の事故で逝ってしまったので、どうしても伝えたい思いを残していたのだと思います」

「仲良かったんだ、あんたの両親は」

「そうとも言えないと思います。父は堅物《かたぶつ》で……でも、母と結婚する前につきあっていた人がいたようです。結婚後ずいぶん経ってそのことを知った母は、父がその人を忘れられないのだと思って、気に病んでいて、二人の間はぎくしゃくしたみたいでした。そんなこと、父はまったく思ってもみなかったようでしたけど」

「つまり、お母さんの誤解だったってこと？」

「はい。でも、母が自分の独り相撲だったことを知った日、和解する前に突然事故に遭ってしまったから」

「だから、誤解を解こうと？」

「そうですね。父は現実的な人ですから、最後まで信じてはくれませんでした。でも、少しだけ、わたしにやさしくなったように感じてます」

「じゃあきっと、どこかで信じたんだよ」

そう語った光の言葉には、いたわるような響きがあって、先刻までの斜に構えた態度が嘘のようだった。

「はい」

「わたしは、聞いてよかった。ありがとね」

「あの、どうされるんですか？」

「ああ、さっきの話？　すごく面白かったし、たぶん、あたしっぽい話？　だけど、さすがに盛り上げ方知ってるっていうか、コマ割も。由梨亜はプロの中のプロだね」

「じゃあ、作品にするんですか」

「どうかな。負け犬には、負け犬の意地があるからね」

津多恵は、丁寧に頭を下げて、

「では、二度とお目にかかることもないと思います」

と言うと、その家を辞した。


「けど、お目にかかっちゃったってわけか」

恵介がつぶやく。

「ですね」

「まあ、瀬戸光もさすが漫画家っていうのか、あんた、乗せられて親の話しちゃったんだ」

「そういえば、そうでした」

死者の声が聞こえるようになったきっかけは母だったという話は、これまでにも何度か口にしている。が、父と母の関係にまで踏み込んで、自分の話をしたことはなかった。

「それはそれとして、結局あんたは、瀬戸光がその後どうしたか、今日まで知らなかったんだろ」

「はい。でも、漫画にしたんだろうなとは思いました」

「なんで？」

「半年後に、現金書留の封筒が届いたんです」

「住所は？」

「何かあったら、連絡するからと言われて、メモを残したんです。封筒には、そのメモも入っていました。それが、わたしにとってはかなりの大金だったので、びっくりして」

「どうしたんだよ、それ」

「まだ、わたしも経験が浅くて、お伝えすることは、完全なボランティア……っていうのも変ですけど、とにかく相手からお礼をいただくなんて、考えてもみなかった頃だったので。今は、大迫さんのおかげで、お金を受け取ることに、それほどの罪悪感は無くなりましたけど」

「何だよ、それ。おれが守銭奴《しゅせんど》みたいじゃん」

「いえ、お金は大事なんですけど、かなりの大金だったので。返しに行きました」

「行けたのかよ。方向音痴が」

「ずいぶん時間かかりましたけど。その時も雨でした。でも、引っ越したあとでした」

「じゃあ……」

「早川由梨亜の言葉から、ペンネームが本名と違うことはわかっていたので、名字か名前のどちらかでも、使っているかもしれないと、瀬戸とか光という名前の漫画家を探しましたけど、特定できませんでした。ペンネームが松高之子《まつたかゆきこ》だなんて、今日まで知りませんでした」

「手紙とかは入ってなかったのか？」

「わたしが書いた住所のメモだけでした。もう二度と関わらないという意志を感じました。だから今日ばかりは、仮面をかぶっていてよかったです」

「けど、なぜ、光は原作者を明示して作品を発表したのかな。その方が売れると考えたとは思えねえんだよね」

「じゃあ、なぜだと思います？」

「たぶん、負け犬の意地。いくらアイディアを盗用された過去があったにしてもだ。人のアイディアで勝負するには、彼女はプライドが高すぎる。だけど、その物語は捨てがたかった」

「それは、わたしも同感です。でも、さっき怜さんの話を聞いて思ったのですが、由梨亜さんの方は、どうだったんでしょうか」

「負い目を解消するために、じゃなかったってことか？」

「それは、わかりません」

「今となっては、死人に口なしか」

「光さんの片思いだったんでしょうかね。さっき、プロットのメモが出てきたと言いましたけど、もしも、光さんが、自分の名前で発表した後に、そのプロットが出てきたら、若松尊仁さんは、どうしたでしょうか」

「じゃあ、由梨亜が、わざとプロットがあとから見つかるようにしくんで、光をはめようとしたってことか？」

「いえ、それは何とも。ただ、若松さんはすごく悩んだと思います」

「けど、結局、妻の名誉のために、プロット公開したんだろ。訴訟起こしたりしたかもしれねえ。すげえ夫婦仲がよかったたって話じゃん」

「その愛する夫が、もしも、妻を裏切っていたとしたら？」

「何だよ、それ。まさか、光が？」

「これは、わたしの想像なのですが……」

津多恵はそこで言葉を切った。それから、メモ用紙を持ってきて、そこに、
マツタカユキコ　松高之子
と、カタカナと漢字で、光のペンネームを記した。

「もしも、由梨亜さんがわたしに光さんのペンネームを伝えていれば、わたしは、漫画家である光さんを捜すことができました。でも、由梨亜さんは、ペンネームで呼ぶつもりな

んかないと言いましたよね」

「ああ」

「でも、よくよく聞いてみると、それは決して漫画家として光さんを評価してなかった、というわけでもなさそうでした」

「たしかに」

津多恵は、マツタカユキコという文字の下に、ワカマツタカヒトと書き加えた。

「なんか音がかぶってねえか」

「はい。それで、ユキコのユキという字を、さっき光さんは、ひらがなの〈え〉に似た字といいましたが、之という字は、〈の〉と読ませますよね」

「……マツタカ、つまり、ワカマツタカヒトの子？　そうなのか？」

「わかりません。でも、もしも何かの折に、光さんに子どもがいることを由梨亜さんが知ったとしたら、同じように考えても不思議はないでしょう。けれど、光さんが振り向いてほしかった相手は、若松尊仁じゃない。早川由梨亜だったんです。だから、ペンネームは、自分に冷淡だった由梨亜さんに対する意趣返しだったのかもしれません。もちろん、本当に若松さんの子どもだという可能性も否定はできないけれど。由梨亜さんが疑ったのなら何もなかったわけではないのかもしれません。真相は光さんしか知らないし、それを彼女が公言することも、ないような気がします」

恵介は、あんぐりと口を開けて、津多恵を見ていた。

「光さん、二年前とは見違えるほど雰囲気が変わりました」

「そりゃあ、あんたが最初気がつかなかったくらいだもんなあ」

「これからが正念場。そう思って髪を切ったんでしょうね」

「『夜の遊園地』の次の作品が売れてなくても、こんなところで終われないってか？ それが負け犬の意地ってわけか」

「でも、最後に勝ったのは光さんかもしれません。本人がそう思うことはないでしょうけれど」

「そりゃあ、生き残った者が勝ちだよ」

「たしかに」

「しかしなあ。あんた、本当に、勉強とかだめだったの？」

「はい。可もなく不可もなく、という感じでした」

あんたも負け組人生っぽいね、という光の言葉がよみがえった。

「わかんねえ」

恵介はそうつぶやきながら、自分の髪をかきむしった。

# 厚すぎる友情

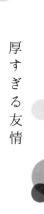

梅雨が明けてから十日ほど経った頃、急にミンミンゼミがうるさく鳴き始めた。美容室レインの隣家にあるひょろっとした桜の木にも、潜《ひそ》んでいるらしい。

「津多恵《つたえ》ちゃん、これから出かけるって、どこに行くの」

怜《れい》に聞かれた津多恵が行く先を告げる。すでに支度は整っていた。

「暑いわよぉ、そこ。たしか何年か前に、四十度超したこと、あるんじゃなかったかしら」

「はい。大迫《おおさこ》さんも言ってました。たまの休みに、なんでそんなとこ行かなくちゃなんねえんだって……」

「で、恵介《けいすけ》は？」

「忘れ物をしたとか。すぐ戻ると思います」

「ご苦労さま。自転車で団子坂《だんござか》上ってきたら、死にそうになるわよ」

レインから恵介の自宅までは、自転車を飛ばして七、八分というところだ。が、何しろこのあたりは、坂が多い。それで、恵介はここ数日、レインに寝泊まりしているのだろう

か、などと考えていると、ドアが開いて恵介が、

「あちい！」

と舌を出しながら、入ってきた。小脇にこれまで見たことのない大きめの黒いポーチをかかえている。

「しかし、虫の声っていうのはすごいよなあ。体の大きさ考えたら、すげえでかいっていうか。単純に体に比例するとして、人間が蟬みたいに鳴いたら、どれくらいの大音量になるんだろう」

恵介は、ファスナーの引き手を指でつまんで、ポーチを振り回しながら、そんなことを言った。その音量をリアルに想像した津多恵は、思わず耳をふさぎたくなった。もともと、大きな音が苦手なのだ。

「怜さん、今日のこいつ、どう見える？」

噴き出た汗をタオルで拭いながら、恵介が聞いた。

「そうねえ……」

と、怜は品定めでもするように、津多恵の顔を見て、ゆっくりと視線を足先まで落としていった。

今日の津多恵は、マニッシュメイクで、眉がくっきりと太く、アイラインもきつめだ。ルージュはブラウン系をオーバーリップ気味にぬった。髪はかっちりと後ろで編み込んで

いる。服は麻混のパンツスーツで、色はネイビー。

「なかなかやり手の保険の営業レディ？」

「そうかあ？」

「あら、不満？　じゃあ、恵介の狙いは？」

「女刑事風にしようと思ったんだけどね、どうもパンチが足りないっていうか。で、リベラルな社会運動団体の活動家。リベラルな、ってとこがみそ」

例によって、厚化粧には決して見えないが、ウォータープルーフのリキッドファンデーションを、かなりしっかりと塗っている。何しろ、向かう先が、横綱級に暑いことで有名な場所なのだ。

「津多恵ちゃん、日傘持ってる？」

「いえ」

「ちょっと待ってね」

怜は、奥の方から、黒い折りたたみの傘を持ってきて、津多恵に手渡した。

「これ、持っていきなさい。晴雨兼用。ＵＶカット」

「ありがとうございます」

恵介は、ついさっき、家まで自転車を飛ばして持ってきた黒いポーチの中に、シザーケースとカッティングコームを入れる。

「何？　出先でだれかの髪、切ってあげるの？」

怜が怪訝《けげん》そうな顔を向ける。

「そうなるかもな」

恵介はいつになく、真顔で答えたあと、津多恵の方を見て言った。

「じゃあ、しかたねえから、ぼちぼち行くか」

津多恵は、ぺこっと怜に頭を下げて、恵介に続いて外に出た。とたんに、強い日差しが照りつけて、津多恵は思わず、額のあたりを手で覆った。それから、怜に借りた傘を広げる。

「ここでこの暑さだもんなあ」

「ところで、なんでシザーケースや櫛《くし》を？」

と、いちおう聞いてみた。

「鋏《はさみ》だけ持っていくわけいかねえだろ」

要は、鋏を持って出かけたかったということだろうが、何のためかと聞くのはやめておいた。それにしても、美容師の鋏というのは、使い方によってどれくらいの凶器になるのだろうか。

「気が進まなければ、やっぱり一人で行きますよ」

「そんなこと、できるわけねえだろ」

乱暴に答えた恵介は足を速める。いらいらや怒りは、恵介の足を速くするようだ。

出かける二時間ほど前のこと。

「今度は、どういう関係なんだ？」

と恵介が聞いた。死者と、訪ねる相手の関係を問うているのだが、津多恵は、なんと答えたらいいものかと言いよどむ。

死者が思いを伝えたい相手は、やはりなんといっても、肉親が多い。あるいは、恋人だ。津多恵の母は夫宛ての伝言を依頼したし、恵介宛ての伝言を頼んできたのは、恋人だった。

もちろん、仕事関係の者とか、友人ということもないわけではないが、今回の依頼者と相手の関係を、どう表現したらいいのだろうか。

「友だちだったようですね」

「だったとは？　今は違うってことか？」

「片方だけが友だちだと思っている場合、二人は友だち同士だといえると思いますか？」

「自分が友だちだと思えば、そう言うしかねえじゃん」

「もうずっと会ってないし、相手が、今も友だちだって思ってくれるかは、わからない、と言ってましたけど」

「長く会ってなければしかたねえかもな。で、どんなやつなの、これから会おうって相手の方は」

「十九歳の男子。大学生だそうです。依頼主に、濡《ぬ》れ衣《ぎぬ》を着せたようです」

「濡れ衣って?」

「一度目は、万引き。二度目は、傷害事件の」

「何だよ、それ。じゃあ、傷害事件の、真犯人に会いにいくつもりかよ」

「はい。依頼ですので」

「よせ」

「よせと言われても」

「何考えてんだよ。少しは頭使えよ。どう考えたって、そんなの危ねえだろうが」

「でも、近々うかがうと、葉書出しましたし」

「今日じゃなくてもいいだろ。もう少し考えろ」

津多恵は、ふっと息を吐くと、恵介を見つめて言った。

「でしたら、今回は、わたし一人で行きますから」

「ばか、あほ、間抜け。そんなわけにいくか」

と、そんなやりとりをした結果、やけに男前な化粧を津多恵に施し、衣装はパンツを指定した。足もウォーキングシューズだ。逃げることを考えて、というつもりかもしれないが、
訪れるのは普通の家庭だ。

北千住《きたせんじゅ》で私鉄の急行に乗り換えてからも、恵介は、

「まだ引き返せるぞ」

などとぶつぶつ言い続ける。

「あの、それほど心配することはないと思いますが」

「けど、罪を着せたわけだろ。着せられた方が言い残したことっていえば、恨みを晴らしたいに決まってるじゃん。相手が逆上したら、どうすんだよ」

「そんなことは、ないと思いますが」

と応じたものの、津多恵にしろ、まったく心配がないわけではない。それでも、たとえ伝言を伝える相手が、人を刺してその罪を他人になすりつけた人間であろうと、伝えなければならないのだ。

「大学生って言ったよな。どこの三流大学通ってんだ?」

「地元にある国立の医学部とか」

「……ばかじゃねえんだな」

「さあ、どうでしょうか」

地方の国立大学が必ずしも優秀な学生を集めているわけではないが、医学部となれば、まずエリートの部類に入るだろう。しかし、津多恵にとっては、どうでもいいことで、学歴にも名門大学にもまったく興味がない。

「人相とか、わからねえのかよ」

「はい」

「想像とか、してみないのか？」

「はい。その誘惑は、とうに捨てました」

そう、事前に考えない方がいいのだ。

「目つきが悪くて、百キロぐらいの巨漢だったら、おれ、逃げる」

と恵介は言うが、だれもが、さもありなんと思わせる風体をしているわけではない。


ホームに降り立ったとたん、むわっとした熱風に襲われた。時刻は午後三時を回ったところだった。

「何だって、一番暑い時間に着くように出かけるかね」

津多恵にすれば、さんざん文句を言い、はては家までポーチを取りに行くなどして、出かけるのを遅らせたのはだれだと言いたい。

「もっと早く出かけるつもりでしたが」

と、遠慮がちに言ってみるが、ここまできてしまうと、行くのはやめろ、あほだ間抜けだと罵声を浴びせたことなど、恵介はすっかり忘れた様子だった。津多恵が、日傘を広げながら、自分が日の当たる側を歩こうとすると、

「ばか、日焼けするだろ」

と腕を引いて、恵介は場所を入れ替わる。

「うわ、陽炎《かげろう》だぜ。こんなの、久しぶりに見た」

たしかに、道路の先がゆらゆらと揺れている。

幸い、目指す家は、駅から五分程度の住宅街にあった。その家が近づくにつれて、緊張が高まって、暑さを気にする余裕が無くなる。ちらっと横を見ると、目が合った。恵介はにやっと笑ったが、目が笑っていない。

「緊張知らずだな、あんたは」

と言うが、良きにつけ悪しきにつけ、感情を表出させないのは、今に始まったことではない。いえ、緊張してますよ、怖がってますよ、と心でつぶやく。少し落ち着いた気がする。

「いいか、今日は、おれが先に話すからな」

と、恵介はきっぱりと言った。

たどり着いたのは、二階建てのなかなかモダンな家だった。壁は白が基調で、張り出した二階部分の大きなガラス窓が、開放的な印象をかもす。生け垣も低く、芝生の庭がよく見渡せた。花壇に咲く赤いカンナが目を引く。門が開いていたので、二人はそのまま進んで、玄関前に立った。

アルミ板のおしゃれな表札には、中塚という漢字の下に、大文字のアルファベットで

NAKATSUKAと記されている。

　その表札のそばにあるインターホンを、恵介が押した。

「はい。どちらさまですか」

　応答したのは、若い男の声だった。どうやら中塚哲《なかつかさとる》本人のようだ。

「あの、お葉書さしあげた者で……」

　そう津多恵が答えると、すぐに玄関のドアが開いた。

「だと思った」

　現れたのは、いかにも今風の大学生といった風情の男だった。髪はナチュラルショートで少し癖があるようだが、それが天然なのかどうかは津多恵にはわからない。服装は、ラフなTシャツにハーフパンツという格好だった。

「待ってましたよ。暑かったでしょ。どうぞ、入ってください」

　哲が笑顔を振り向ける。白くて歯並びのいい歯がきらっと光ったような気がする。なかなか端整な顔立ちで、見た目の好感度はかなり高い。好青年。この若者が本当に、傷害事件の罪を他人に着せたのだろうか、とでもいう風に、恵介は一度首を傾《かし》げ、しかしすぐに何度か首を横に振る。

「見た目じゃねえし」

　小さなつぶやきは、津多恵にだけしか聞こえなかっただろう。

哲の表情は、取り立てて津多恵たちを警戒しているようには見えない。そして、

「やっぱ、部屋がいいっすよね」

と言うと、どうぞという風に、階段を上がっていった。部屋と言ったのは、自分の部屋という意味だろう。家族は両親と妹と聞いていたが、家の中に、人の気配は感じられなかった。

部屋は、かなり広かった。本棚と机、ベッドなどが置かれ、男子学生の部屋としてはよく片づいている。本棚には、専門の医学書や洋書などが多いが、流行《はや》り物の文学作品などもあった。

「涼しいなあ」

恵介が、つい本音が出たという風につぶやく。

「四十度超え記録したとこですからね」

と、愛想よく応じる哲は、語る言葉も如才ない。きっと、頭のいい青年なのだろう。そして、大人受けのいい。

小さなテーブルには、コップとポットが置かれてあり、哲がコップにポットの中身を注ぐ。

「プーアル茶ですけど、大丈夫かな。ダイエットになるとかで、妹がはまっていて、冷蔵庫に常備してるんです。最初はうまくねえって思ったけど、慣れるとけっこうおいしいで

すよ」

「知ってる！　お客さんで、ダイエット茶に詳しい人いたから」

恵介は、遠慮も見せずにコップを手に取ると、一気に飲み干す。津多恵も、口に含んだ。苦手な味だが、渇きには勝てなかったのだ。

がしっと音をたててコップをテーブルに置いた恵介が、おもむろに口を開く。

「えーと、君は、どこまで話を聞いているのかな？」

「どこまでって、慎《まこと》から、伝言があるってことだけで」

恵介はちろっと、津多恵を睨《にら》んだが、すぐに哲に目を移すと、いくらか呆《あき》れたように言った。

「じゃあ、それだけで、待ってたってわけか？　おれたちのこと」

「そうですよ。だって、いちおう聞いてやらなくちゃ。慎がおれに……」

「あの、いいですか」

津多恵は、珍しく強引に割り込んだ。そして、バッグから名刺を一枚取り出すと、哲に渡した。

「さんもん、つ……？」

「ヤマトツタエです」

「へえ、そう読むんだ。サンモンって読んでた。ふーん、ことづて屋？　そんな商売あるんだ。てっきり、あいつの保護観察とか、そういう人かと思った」

「その下も、読んでいただけました？」

「お伝え料、一万円から？　金、取るの？」

「すみません。もちろん、あなたは学生さんだから、一万円というのは……」

「いいよ。たいした金じゃないし」

哲は黒革の財布から一万円を抜き取ると、テーブルの上に投げて寄越した。何だか、急に態度がふてぶてしくなったようだ。

「ずいぶん、金持ってんだな」

財布の膨《ふく》らみに目をやりながら、恵介が言った。

「たいしたことないっすよ。まあ、大学じゃ、普通」

「国立なんだろ」

「知ってんですか？　医学部ってね、圧倒的に金持ち子弟が多いとこなんですよ。国立だって何だって。国立に受かるには勉強できる環境が必要で、それには金かかるし、私立なら学費に金がいる。どのみち、金がいるってこと」

「では、代金をいただきましたので、寒河江《さがえ》慎さんからの伝言を、お伝えします」

「ちょっと待ってよ。あんたたち、詐欺師とか、そういうの？」

「違いますよ」

「あいつに何言われたか知らないけど、おれのこと、脅《おど》しても無駄だからね。だれも、あいつの言うことなんか、信じないし」

「脅すなんて、そんなつもりはまったくありませんよ」

「…………」

「始めて、いいですか？」

「あのさ、あいつ、元気なの？」

「とは言えませんね。けれど、わたしは直接お会いしたわけではないので」

「なんだ、会ってないのか」

「では、始めます。いいですね」

　きっぱりとした言葉に、哲は、一瞬、眉を寄せたが、すぐに表情を緩めて、小さく肩をすくめた。

「……哲、今ごろ、どうしてるかなあ。哲のことだから、きっと、いい大学の学生になったりしてるんだろうなと思ってたら、国立の医学部に合格だって？　高校の先生が〈学校だより〉送ってくれたんだ。さすがだよ。そういえば、まだ中学生の頃、無医村の医師になりたいって作文に書いたよな」

「おれ、そんなこと、書いたかなあ……作文だもんなあ。書いたかもしれない。それ、教師の受け狙いだな。親のあと継いで医者になって、金儲けしたいなんて、作文に書けませんよね」

恵介が苦々《にがにが》しげな顔で哲を見る。けれども津多恵は、淡々と続けた。

「おれの人生って、ほんとにしょうもないというのか、ろくでなしの人生だったたって思うよ。惨《みじ》めで汚らしくて。でも、そんなおれにとって、自分が一番輝いていたなと思うのって、中学、高校で、哲と一緒だった五年間だったたんだ」

「へえ、そんな風に思ってたんだ、慎のやつ」

「君は、全然違うのか？」

恵介がまた口をはさんだ。

「っていうか、住む世界、違うっしょ。おれの家は、まあ、自分で言うのもなんだけど、けっこう金持ちで、親、医者だし。けど、慎の家は、父子家庭で、その親父さんは飲んだくれで、仕事が長続きしないでしょっちゅう失業。それに、あいつの兄貴ってのが、ワルっていうか、このあたりじゃ知られた不良だったたし、なんか絵に描いたように悲惨な家庭だったたから。つまり、慎は、生まれつき不幸を背負ったようなガキだったたってわけ」

「だけど、友だちだったたんだろ？」

「どうかな。中学時代のあいつってさ、あのひでえ環境の中で、よくぐれなかったなあ、と思わせるぐらい、真っ直ぐなやつだったたんだよね。それでいながら、半ば自分の人生諦めてる、みたいなところがあった。中一で同じクラスになって、最初は、おまえが友だちになってやれって、担任の熱血教師に言われたんですよ。おれ、教師には好かれることにしてたから。それで友だちになってやったの」

　片頬だけあげて、哲は笑った。

「続けますね」

と、断ってから、津多恵がまた話し出す。

「今、こうして振り返ってみても、哲と会わなければ、おれの人生、ずいぶんつまらないというか、惨めなまま終わったことになる。哲は、おれにとって、いつも輝く光のようなもので、まぶしかった。おれにないものを何でも持ってるし。家庭環境とかじゃなくて、頭もいいし、人望はあるし、それにけっこうイケメンで」

「あなたには、負けるな」

　哲は、ほんの少しこびるような目で、恵介を見た。

「安心しろ。おれは頭悪いし、人望もねえから」

　だが、恵介は、イケメンであることは否定しない。

「でも、こんなきれいで賢そうな恋人いるし」

　哲は、今度は津多恵に愛想笑いを向ける。

「おれたちは、そうゆうんじゃねえ」

「大迫さん、わたし、まだ話の途中ですよ」

さっきから、話の腰を折られてばかりだ。もっともそれは恵介のせいというよりは、いちいち哲が割り込んでくるからなのだが。ふと津多恵は、この若者は、慎の話をあまり聞きたくはないのかもしれないと思った。というよりも、どんな言葉が飛びだしてくるのか、不安なのだろう。負い目があるゆえの不安が、茶化すような軽口を引き出す。

「続けますよ。……とにかく、哲のことがまぶしかった。だから、そんな哲が、おれに話しかけてくれて、いろいろ誘ってくれたことが、本当に嬉しかった。『慎、志を失ったらだめだ。波風がいくら激しくても、寒河江慎という船は、りっぱに航海し続けることができる。そうでなきゃ、ぼくが友だちに選ぶはず、ないだろ』って言ってくれたあの言葉、ずっと忘れなかった」

「へえ？　おれ、そんなこと言ったんだ」

哲は、とうとう声をあげて笑い出した。津多恵は取り合わずに、言葉を続けた。

「もしも、哲の励ましがなかったら、おれは高校の進学そのものを諦めていただろう。でも、慎ならやれると言われて、あのろくでなしの弟できらわれ者のおれが、地域でトップの高校に受かって、哲と同じ高校に通うなんて、あの時は夢みたいだと思ったよ。哲の存在なしには、ありえなかった。だから、あのことなんて、おれにとっては、何でもなかった。むしろ、嬉しかったよ、哲の役に立てたって思った。哲の履歴に傷をつけるなんて、おれがいやだった。だって、あんなことは、哲にとっては、ほんの出来心だったから」

「ちょっと待ってよ。何を言ってるんですか？」

「わたしは、寒河江慎さんが語ったとおりのことを、あなたに伝えているだけです」

「なんか、言いがかりつけようってわけ？　おれが何したっていうんだ」

「万引きしたんだろ」

と、恵介がさらりと言う。とたんに、哲の顔が激しくゆがんだ。

「そんな証拠、どこにあるんだよ。あんたたち、強請《ゆすり》かよ」

「わたしは、寒河江慎さんの言葉を伝えているだけです。お伝え料をいただきましたので、これ以上、あなたに求めるものは何もありませんが」

「じゃあ、あいつだ。あいつがおれを強請《ゆす》ってるってわけ？」

「おい、話、最後まで聞けよ。まだ途中なんだ」

　珍しく恵介が怒鳴った。

「大迫さんも、ですよ」

と、控えめに言ってみる。恵介は下唇をつきだして、軽く肩をすくめた。

「続けますね。……おれ、だれにも話さなかったよ。学校のやつらは、やっぱりねって風に、おれのことを見た。あのあたりでは、兄貴がさんざん、悪いことしてたし。血は争えない。そう言われた。けど、結局、哲が親父さんに、慎をなんとかしてくれって頼んでくれて、表沙汰にならなかったから、退学も免《まぬが》れた。あのあとで、哲、おれの将来のこと、親身になってくれて、大学行けよって、励ましてくれて、おれ、ちょっと本気になっちゃった。でも、やっぱり、そんなのは見果てぬ夢だった」

「おまえ、本当はどう思ってたんだよ」

とまた恵介が口をはさむ。

「どうって？」

「罪着せたり、励ましたり。人の人生、もてあそぶんじゃねえよ」

「じゃあ、何も言わなきゃよかったのかよ。くずをくずと言って、見捨てておけば？　まあそうしたら、濡れ衣着てくれたりしなかったろうな」

哲がへらへらっと笑った。その笑顔は、最初の頃に見せた如才のない笑顔と違って、必死になって虚勢を張っているだけのように、津多恵には思えた。端整な顔立ちをしているのに、この笑顔は少しも美しくない。まるで、表にかぶっている仮面の下から本性が出るという風に、ゆがむ。

「あの事件のあとは、夢から覚めたみたいな気分だった。三年になる直前の、春休みだったね。哲は、なんで、おれが刺したって言ったかわかる？　もちろん、哲の輝かしい未来を守りたかった。でも、それだけじゃないんだ。たぶん、おれの中にも、殺意に近い感情があったんだと思う。ほんとに、卑怯なろくでなしだよ。よりによって、哲を脅すなんて」

津多恵が一度言葉を切った。哲の唇の右端が、二度、三度と横に動く。笑おうとしている。けれどどうしてもそうできない、というように。目が合う。哲の目は空《くう》をさまよってから、自分の手元に落ちた。

「おまえ、だれを刺したの？」

と恵介が問う。その口調はどこか甘く、アメとムチなら、アメに当たる声音だった。

「慎のろくでなしの父親」

観念したように哲はつぶやいた。それから、顔を上げると、今度は堰《せき》を切ったように語り出す。

「あいつ、おれが猫殺したの、見てやがったんだ。それで親父に話すとか言って。二十万でいい、一回こっきりで忘れるとか言われて。おれは言われるままに、金を持ってあいつの家に行った。別にたいした金額じゃなかったし。ところが、ドアを叩いても応答がなかった。取っ手を引くと、ドアが開いた。あいつは、玄関脇の部屋で、酒くらって、ぐーぐー寝ていやがった。その薄汚い顔見てたら、むらむらしてきて、なんで、こんな下劣な男に自分が脅されなければならないんだ、って思って……。気がついたら、包丁で刺してた」

哲は、ふっと力が抜けたような顔を向けて、肩で息を吐《つ》く。

「それから？」

そう促す恵介の声は、依然としてアメの声だった。

「ほかにだれもいなかったし、逃げなくちゃって、頭ではわかっていたのに、少しの間、おれは、呆然と立っていた。そこへ、慎が帰ってきたんだ。あいつは、一目で何があったかわかったみたいで、『哲！　早く！』って叫ぶと、いきなりおれを台所に引っ張っていって、手を洗わせた。包丁も洗って、すぐに救急車を呼んでくれって言うから、言われるままに119番にかけた。手が震えた。あいつは……落ち着いていた。おれのジャケットを脱がせて、あろうことか自分で着たんだ。それから自分で包丁を握りなおして……」

哲はそこまで言うと、自分の膝に顔を埋めた。

「死ねばよかったんだ。あの男。くたびれぞこないが」

少し間を置いて、津多恵はまた、ゆっくりと口を開く。

「続けます。……あの日の朝、父親は、哲のこと、金蔓《かねづる》だなんて言って……いい年した男が、息子の友だちを脅すなんて、おれ、あの時、人生で一番絶望したかもしれない。この男の血が流れているのかと思ったら、生きているのが本当にいやになった。そんな風に思った日のことだったから、おれは、ああ、これで自分の人生、終わらせられるって思った。だから、あの時、自分が刺したと言ったのは、自分のためなんだよ。実際には、親父は死ななかった。もっとも、怪我が治ってからも、面会に来たことはない。まあ、自分を刺した息子だもんな。脅《おび》えていたのかもしれない。一度、手紙を書いたよ。哲を苦しめたら、今度は殺すって。今じゃ行方も知らない。けど、人生やっぱり思い通りにはならなくて、死のうと思ったのに死ねなかった。結局、あれから、二年以上も生きることになってしまったけど、やっと、楽になれる。でも、本当は、生きているうちに、もう一度だけ、哲に会いたかったな」

はっと目を見開いて、哲が津多恵を見つめる。

「今、生きてるうちにって……。あいつ、病気？　どうかしたの？」

「白血病です」

「今、どこにいるんだよ」

「もう、いません」

「……あいつ、死んだの？」

「二ヵ月前に」

「嘘だろ」

「確かめてみますか？　寒河江さんがいた少年院に」

哲は、しばらくの間、口を開いたり閉じたりしていたが、言葉は出てこなかった。

「続けます。あと少しです。……哲、これからも、哲には、希望に満ちた人生を歩いてほしい。哲の未来に、光あれ。以上です」

津多恵は、哲に向かって、丁寧に頭を下げた。

「あいつ、死んだのか、じゃあ、おれ、あいつが再び現れる日に脅えること、無くなるのかな」

「寒河江さんが、現れることは、ありません」

「けど、夢に出てくるんだよ。ずっと」

膝に埋めていた顔を上げた哲は、最初に津多恵たちを迎え入れた時とは、別人のように見えた。


しばらくだれも口をきかなかった。その沈黙を破ったのは恵介だ。

「ったく、どんな凶悪なやつかと思ったよ。ナイフでも振り回されたらと思ったけど、まったく必要なかったたな」

と、言いながらぱんぱんとバッグを叩くと、哲は脅えたような目で聞いた。

「何が、入ってるんですか」

恵介が、ポーチからシザーケースを取り出して、鋏を見せた。

「何だ鋏か」

半ばほっとしたようにつぶやく。

「ばかやろ。美容師の鋏をなめるなよ。切れ味抜群だ」

「あなた、美容師だったんだ」

「なんなら、メイクもいたしますよ」

「……切って、もらおうかな。髪」

えっ？　という風に、津多恵は哲を見つめた。顔がまた変わっている。緊張が完全に抜けた、素の顔とでもいうのだろうか。

「カットは五千円。学割で四千円でいい」

哲が財布から千円札を四枚出して渡すと、恵介は目を丸くした。

「まじかよ」

「まじですよ」

「じゃあ、新聞紙敷いて、裸になれ。クロスねえし」

そんな命令口調の恵介の言葉にも、哲は素直に従い、床に新聞紙を広げると、Tシャツを脱いだ。津多恵は慌てて目をそらすと、机の前の回転椅子に移動して、視線を窓の外に向けた。日はだいぶ傾いてきているが、外は相変わらず暑そうだ。西日がまぶしくて、ブラインドを下ろそうかと思ったが、あの操作は苦手なので、やめておいた。

「お客さま、本日はどのようにいたしますか？」

「五分刈りにしてください」

「原宿で女性に人気だった美容師に、五分刈りを頼むのか、君は」

「だめかな」

「おれのカットテクを見せてやろうっていうのに」

と、鋏とカッティングコームを手に取る。

「バリカンとかじゃないんだ」

しゃりしゃりと気持ちのいい音がして、髪がさらさらと落ちていることは、見ないでも津多恵にわかる。恵介の鋏の動きはいつもリズミカルで、鮮やかだ。

「あいつ、いつも、床屋に行く時は、五分刈りにしてた。高校生になっても、五百円床屋で」

タンスの奥にしまった古い服を引っ張りだすように、哲は、心の奥底に沈めた慎の記憶を呼び起こしているのかもしれない。古くなっても捨てることができなかった、愛着の断てない服だ。

「顔だって、悪くなかった。悪いのは、親父とろくでなしの兄だった。けど、しゃれっ気なんか、おれにはどうせ無駄なことだというみたいに、飾ることもなかった」

「まあ、五分刈りなら、洗うの楽だわな」

「そう。台所の流しで、石けんで洗っちまうとかって」

「やめてくれ」

「おれ、あの男じゃなくて、あいつのことも、殺したいと思ったよ」

淡々とした、しかし過激な言葉に、一瞬、津多恵も哲を振り返る。その横顔は、ぞっとするほど寂しそうだった。

「おい。物騒なこと言うなよな。弱み握られてると思ったからか」

「まさか。そんなわけないでしょ」

一瞬、哲は津多恵を見てから、また口を開いた。

「なんていうか。おれ、世の中不公平だなって思った。汚ねえ家でさ。中学ん時、ワイシャツの替えが少なくて、生乾きのまま着てきたり。スニーカーとかもぼろぼろで。そんな中で、洗濯だけはマメにしてるよ、なんて言ってさ。ばかだよな、あいつ。掃きだめに鶴って感じ？　それって、女の人に言う言葉だっけ。輝いてたの、あいつなのに。なんで、死んじまったんだよ」

恵介の手が止まった。それから、

「鏡！」

と、津多恵に向かって言い放つ。美容室でもないのに命令口調で、とむっとしながらも、鏡を探す。書棚に置いてあった卓上ミラーを手に取って渡すと、恵介はそれを見せながら、笑顔で言った。

「いかがですか、お客さま」

「ふーん。けっこう似合うな。けど、おしゃれにカットしすぎだよ」

と、哲は自嘲的に笑った。

「しょうがねえだろ。ださくカットするなんてできねえ相談」

すっかり髪が短くなった哲は、二つ三つ若返ったようにも見える。ふと、津多恵は、この若者が切り落としたかったのは、何なのだろうかと考えてみた。

恵介は素早く髪を払い、新聞紙を折りたたむ。

「よし、帰るぞ」

津多恵が先に部屋を出て、階段を下りる。玄関に向かおうとした津多恵の襟首《えりくび》を、恵介がつかんだ。

「どこ行くんだ。そっちじゃねえ」

「あれ？」

「ったく、家の中で迷うなよ」

半ば腕をつかまれるようにして、玄関に出る。扉を開いたとたん、熱風に襲われた。

「信じられねえ。もう五時過ぎだろうが」

送りに出た哲が、

「あの、根本的なことだけど、一つ、聞いていいですか」

津多恵に向かって聞いた。哲は、頭がすーすーするのか、しきりに手でなでつけている。

「何でしょうか」

「あいつの話聞いたの、いつ？」

「先週ですが」

「そうか。やっぱり、そうなんだ」

「信じませんか？」

哲は、首を横に振った。

「おれからの、伝言って」

「それはできません。わたしはあちらの方が言い残した言葉を、お伝えするしか」

「もし、できたら言いたいことあったのか？」

恵介が聞いた。

「まぶしいって思ったの、おれの方だったたって……」

哲は唇を噛みしめて目をそらすと、瞬《まばた》きを繰り返した。

「じゃあ、失礼します。もう二度と会うことはないと思います」

津多恵はそう言うと、お辞儀をして背を向けた。

「まあ、案ずるより産むが易《やす》しって、ことか」

と、駅に向かう道で、汗を拭いながら恵介がつぶやく。

「そうですね」

「けど、本当に鋏を使うことになるとはなあ。まあ、用途は違ったけど」

「用途は、正しかったんですよ」

津多恵の言葉に、恵介は小さく舌を鳴らした。

「あのさあ、今までやばいこととか、なかったのか？　やばいやつとか」

「そうですね。まあ、相手も人間ですから」

「警戒心がなさすぎるのは、ばかだ」

否定はできない。

「あんた、今まで、よく無事に生き延びてきたよな。けどまあ、だからこそ、こんなことやってられるんだろうけど」

「はあ」

「あんた、親のこと、好きだった？」

ふいに恵介が話題を変える。

「好きも何も、親は親ですから」

「親を愛せないやつは、そんな風には答えねえだろうな」

それは、そうなのかもしれない。親は親だと思うには、辛すぎただろう慎。そして、哲もまた、まっとうな親の愛を受け取りそこねてきたような気がする。津多恵自身は、親のことを取り立てて愛情深いと感じていたわけではなかったけれど、当たり前に親がいてくれた。

「ああ、なるほど」

と、津多恵はつぶやいた。

「何がなるほどなんだ？」

「よく生きてこられたって、大迫さん、さっき言ったじゃないですか。助けてくれる人が、いたんです」

「その無類の信頼が危ういのに」

「でも、なんとかなりますよ」

それは、折に触れ津多恵が耳にしてきた、母の口癖だった。


二度と会うことはないはずだった哲と、再び会うことになるとは、津多恵も恵介も、思いもよらなかった。これまで、死者の言葉を伝えた相手と再度出会ったのは、己の父と恵介を別とすれば、瀬戸《せと》光《ひかり》ただ一人だ。ただ、光は、二度目に顔を合わせた時には、津多恵に気づかなかったので、厳密には会ったとはいえない。しかし、哲の場合は違った。

関東でも一、二を争う暑い場所を訪れてから五日後のこと。夕方、アルバイトから戻ったばかりの津多恵のもとに、一通の書留の封書が届いた。書留なんてめったにくることがないので、印鑑を探すのに時間がかかってしまい、郵便局員をいらつかせながら、捺印した。

差出人は、中塚偉《すぐる》とあった。知らない名前だが、名字の方には記憶があった。津多恵の脳裏に、恵介の手で五分刈りにカットされた青年の顔がよみがえる。何だろうと思いながら、津多恵は封を切った。

冠省

愚息、中塚哲が、二年半前に当市に発生した傷害事件の真犯人が自分であるなどと、ありえぬことを口にし、またそのことを、山門様が存じ上げているなどと、戯言《ざれごと》を申しております。

当該事件はとうに結審しており、愚息には何の関わりもないことは明らかです。そもそも、愚息が犯罪に手を染めることなどありうるはずもないことです。おそらく、事件の犯人であるかつての同級生が、最近病死したことを山門様によって知らされ、そのショックで、一時的に錯乱状態に陥り、妄想の類いを口走っているものと思われます。

山門様におかれましても、よもやそのような戯言を信じるはずもないと思いますが、流言が思わぬ誤解を招くこともあり、この件につきくれぐれも他言なきよう、お願いする次第です。

不一

# 八月一日

中塚偉

そして、その封筒には、百万円の小切手が同封されていた。

最初にそれを見た津多恵は思わず悲鳴をあげると、レインに駆け込んだ。

「大変です！」

と、思わず声を上げそうになって、慌《あわ》てて飲み込んだ。恵介は、営業スマイル全開で、鏡の中の客に笑いかけている。客は中年の女で、うっとりするように自分をではなく、鏡に映った恵介を見つめていた。

「後ろもきれいに染まりましたよ」

広げた鏡で、頭の後ろを見せながら、恵介が言い、女が立ち上がる。津多恵は一度奥に引っ込んで、客が帰るのを待った。

「またお待ちしています」

愛想よく答えて、恵介は、ドアの外まで客を見送った。幸い、その時はほかに客がいなかった。

「どうしたの、津多恵ちゃん、なんか慌ててる？」

怜に聞かれたが、すぐに言葉が出てこない。戻ってきた恵介に向かって、

「大変です！」

と、先刻飲み込んだ言葉を口にする。恵介の顔からは、愛想笑いはすっかり引いていた。

津多恵は、封書をそのまま恵介に渡した。文面にさっと目を通した恵介が、呆れたように言った。

「何だ、こりゃ。テメエのガキが、真犯人だって言ってるようなもんじゃん」

「真犯人って何のこと？　何だか物騒な話ね」

恵介は、怜の前に小切手を突きつけた。

「何なの？　これ」

「口止め料ってとこかな」

「どうしたらいいでしょう」

「くれるものは、もらっておけば」

と、怜が言った。

「そうはいきません。こんな大金」

「あら、今時百万なんて、たいして値打ちないわよ。ちょっといいスーツ買って、鞄《かばん》買ったら、もうおしまいだもの」

「一緒にできるわけないじゃん。こいつと」

と、恵介が笑ってから、津多恵に目を移す。

「で、どうすんだ」

「返しに行こうかと」

「あんた、一人で？」

「………」

「行けるわけねえか。しょうがねえな。けど、もしも親父が出てきたら、おれに話させろよ」

と、妙に自信たっぷりの口調で、恵介は言った。


書留が届いた二日後、津多恵と怜は、一週間前と同じルートで、哲の家へと向かった。

幸い、その日は曇りがちで、猛暑というほどの暑さではなかった。最寄り駅から、あのモダンな家に向かう途中で、津多恵が、

「返すということに、すぐに賛成してくれるなんて」

と、言いかけると、すぐに恵介が奪い取るように続けた。

「思わなかったってか？　だれかに命じられて口を閉ざすなんて、やなこったね」

「けれど、大迫さんのことは、一言も書いてないんですよね」

「話してねえんじゃね？　ま、行きゃわかるって」

その日、二人を迎えたのは、母親だった。哲によく似て、なかなか美しい人だったが、

どこか脅えたような顔でいるところを見ると、事情は知っているのかもしれない。玄関先で、恵介が、

「山門津多恵と連れの者ですが、哲君はご在宅ですか」

軽く見られない程度の笑顔で聞く。

「……今、あの子は体を壊しておりまして」

もごもごと言い訳のように言う母親の後ろから、

「母さん、入ってもらって」

と声がした。哲だった。

「だけど、哲」

困ったように眉を寄せる母を押しのけるようにして、玄関に現れた哲は、

「どうぞ、お入りください」

と、硬い表情のまま言った。

津多恵と恵介は、この前と同じようにして、二階の哲の部屋へと向かった。

「母さんは来ないで。大事な話だから」

それでも、のろのろと追ってきた母親を中には入れずに、哲はぴしゃりとドアを閉めた。

「父が、あなたには口止めしたからって」

泣きそうな顔で、哲が言った。

「なんで、そんなことになった？」

「……おれ、自首するって言った」

「んなことじゃねえかって、思った」

恵介が顎《あご》をしゃくって、津多恵に封筒を出させると、哲はおずおずと受け取った。中身を引っ張りだし、手紙の文面を読んだ哲の顔が紅潮した。

「何なんだよ、これ」

「手紙だけじゃないぞ。小切手も入ってる」

しかし哲は、小切手を見ようとはしなかった。手紙もくしゃっと握りつぶすようなことはせずに、きちんとたたんで封筒に戻すと、津多恵に返した。

「あれから、外に出かけられないんです。何しろおれ、病気だから」

乾いた声で笑った哲は、のろのろと立ち上がり、机の引き出しから何かを取り出すと、

「全部処分したつもりだったのに、一枚だけ、残ってた」

と言って、L版の写真をテーブルに置いた。写っていたのは五人の少年。写真に示された日付は、六年前。ということは、中学生だ。真ん中で一番晴れやかな顔で写っているのが哲だった。

「あいつ、どれか、わかりますか？」

津多恵は頷《うなず》いて、一番左端の、はにかんだように笑顔を向けている少年を指さす。

「なんでわかったんだよ」

と恵介が聞いた。

「わかりません。あ、なんでわかったのかがわからないということです」

「んなの、わかってるよ」

のぞき込んだ恵介の顔が緩む。たしかに五分刈り。たしかにどことなく衣類が粗末。でも、津多恵の直感はそこを見てはいない。恵介にはそれがわかっているようだ。

「未来は明るい、って顔してる」

「おれが、つぶした。あいつの、未来」

「それは、違うと思います」

妙にはっきりと津多恵が言った。慎の絶望は深かった。だが、もしもこの少年が、哲と出会わなかったら、慎の短い人生はもっと絶望的なものだったような気がする。過ぎてしまった時間に、「もしも」はないけれど。

「おれ、どうしたらいい？」

「それを決めるのは、あなたです」

「だけど、どうしたらいいかわからない」

「寒河江さんは、あなたにどうしてほしかったんでしょうね」

「………」

「あなたが、すべてを告白し、真実を明らかにするよりも、罪を自分だけで引き受けて、寒河江さんの思いを抱きしめて生きる方が、苦しいかもしれませんね」

「あいつの思いって……」

「まあ、無医村の医師にならなくてもいいと思うけど」

と、軽く茶々を入れるように恵介が口をはさんだ時だった。乱暴な足取りで階段を上ってくる気配がして、いきなり扉が開いた。

「哲！」

現れたのは恰幅のいい、上品な顔立ちの男だった。それが、中塚偉であることは明らかだった。後ろには、母親がおろおろした様子を隠せずに立っている。

「中塚偉さんですよね。お邪魔してますよ」

恵介がへらっと笑った。

「君は？」

「美容師の大迫恵介です。ちょうど一週間経ったので、哲君の髪が気になりまして、チェックに」

「じゃあ、まさか君が、息子を丸刈りにしたのか」

恵介は津多恵の手から封筒をひったくり、小切手を取り出す。

「というのは冗談で、もちろん、この件ですよ」

息子には知らせずに送った小切手を取り出された偉は、ぐっと息を飲み込んだ。

「父さん、なんでだよ。この人たち、買収しようとしたのかよ！」

「おまえは黙ってろ！　だいたい、おまえがばかな……」

「親子のもめ事には興味ないんだけどさ、話の前に、三七四〇円いただけませんかね」

恵介が強引に割り込んだ。

「何だと？」

「おれたち二人分の往復交通費です」

顔を顰《しか》めながらも、偉は財布から千円札を四枚出す。受け取った恵介は、小銭入れから二六〇円取り出して、テーブルに置く。

「釣りです」

偉は、それをちらっと見たが、あえて財布に入れることはせずに、胡散臭《うさんくさ》そうな目を恵介に向けている。その目の前に、恵介は小切手をちらつかせる。

「こんなものでどうにかなると？」

「不足だなどと言うのかね」

「なめんじゃねえよ」

大きくはないが鋭い声で、恵介が言った。ぞくっとするほどの迫力だった。

「山門津多恵は、伊達《だて》や酔狂《すいきょう》で、ことづて屋やってんじゃねえんだよ。おれらは何も言わない。別に守秘義務とかねえよ。ただ、それが人の道ってもんだろ。それを信じないのも自由だが、仮にだよ、おれらが、あんたの息子を告発するようなことしたとしてもよ、どうしたって、こっちの方が分が悪いだろう。証拠があるわけじゃねえし、逆にこっちが名誉毀損とかで、訴えられるのがオチだろうよ。けど、おれは、こいつの親に、これ以上、汚ねえこと、させたくねえんだよ」

恵介は、そう言い放つと、小切手を二つに引き裂いた。それを重ねて二度三度と切り裂き、細かくなった紙片を撒《ま》いた。

「たぶんあんたの息子は、地位も名誉もある親を困らせることはしねえよ。けどさ、隠すという選択で表面的には一致したとしても、たぶんその動機ってのは、全然違うんだろうな」

それから、偉とその妻を押しのけるようにして、ドアの方にのしのしと歩く。津多恵は慌《あわ》ててついていくと、ドアの外に出て、軽く頭を下げた。だれも、追ってはこなかった。

「大迫さん、迷子になるから、待ってください」

と、廊下を小走りに進みながら、背中に向かって津多恵は言った。ふいに恵介が立ち止まり、思わずぶつかりそうになった。

「まじかよ」

「冗談ですよ。決まってるでしょう」

恵介は、くすっと笑った。

玄関を出た時、ふいに二階の窓が開いた。そして、哲が顔を出すと、

「山門さん！」

と、叫んだ。

「それから、えーと」

「大迫さんっていいます」

津多恵が大声で言った。

「大迫さん、あり……」

「今度こそ、もう二度と会わねえからな！」

恵介が怒鳴った。哲が、ぺこっと頭を下げた。しかし、強引に引っ張られ、窓が乱暴に閉まった。

「やれやれだな」

やけにのんびりした口調で恵介が言う。けれど、津多恵も恵介も、もう振り向くことはなかった。

駅へと向かう道すがら、津多恵は隣を歩く恵介に、

「あの、大迫さん。かっこよかったですよ」

と言いながら、小切手を引き裂く手振りをした。

「ちくしょう、あの金があればなあ。もっと、いい銇が……」

「銇、ですか？」

見かけによらない人だと思う。口は悪いが心は熱い。意外と照れ屋でもある。でも、そんな風に言ったら、何を言われるかわからないから、口にはしない。

「結局、あいつ、死んだダチの鬱陶《うっとう》しいほど厚い友情ってのに、三度救われたってことかな」

「本当に、救われてほしいですね」

「それを決めるのは、今後の生き方ってわけ？」

「はい」

と頷くと、津多恵は恵介を見上げて笑いかけた。

# 幸せになりなさい

「ハイキングびよりだなあ」

秋の高空を見上げながら、恵介《けいすけ》がつぶやいた。

「ですね」

と、津多恵《つたえ》は、力なく答える。

「この緑ってか、もう緑っていうには、くすみすぎだけど、東京とは思えねえよなあ」

「ですね」

津多恵の足取りは、軽やかな恵介のものと違って重く、今にも立ち止まってしまいそうだ。

「高尾山《たかおさん》ってさ、標高たいしてないけど、都市に近いわりに植生が豊かで、よく保たれてるんだってさ。なんせ、ミシュランガイドじゃ、三つ星だもんね。怜《れい》さん、悔しがってたなあ」

高尾山口まで行くと告げた時、怜はけっこう本気で行きたそうにしていた。一緒に行きますか、と口にしてしまったほどに。もっとも、怜は、若いもんのお邪魔虫になるのはごめんと、いつものように、笑顔で送り出してくれたけれど。

「別に山に登るわけじゃありませんよ」

「なんか今日、めっちゃ暗くねえ？」

「はい。とても気が重いです」

「珍しいじゃん。傷害事件起こしたやつに会う時でも平気な顔してたのに。今日の相手、女だろ」

「女だから、凶悪じゃないとは言えませんよ。単なる一般論ですが」

「ってか、普通の人なんだろ。鍼灸整骨院の受付事務って言ったっけか？」

「普通かどうかの判断なんて、わたしにはできません」

「なんか最近、ずいぶん口達者になったな」

「大迫《おおさこ》さんの薫陶《くんとう》を受けてますから」

「けど、あんたのそんな憂鬱《ゆううつ》そうな顔、初めてだな」

「……知り合いなんです。昔の」

恵介が急に足を止めた。しかし、あまりにのろのろ歩いていたので、津多恵がぶつかることはなかった。

「まじかよ」

「向こうが覚えているか、わからないけれど。いえ、覚えていないことを、切に願っておりますが」

津多恵は、ゆっくりと恵介を見上げて、それから視線を落として足下を見る。しばらく黙ったまま、二人で突っ立っていたが、やがて恵介がおもむろに歩き出す。

「伝言、重い？」

「そうとも言えます」

「そりゃあそうだろうなあ。最期《さいご》の言葉っていうか、最期のあとの言葉だもんな。まあ、重くねえのなんて……あったりした？」

「そうですねえ。いちがいには言えませんけど。妻宛ての伝言で、ちょっと珍しいものがありました」

「珍しいって？」

「新婚旅行の時、先に寝たのはおれだって、おまえは言うけれど、それは違う。先に寝てしまったのは、おまえだ」

「何だ、そりゃあ」

「最初の日に、高いびきで寝てしまったって、奥さんに、言われ続けたそうです」

「幾つぐらいの？　そいつが死んだのって」

「七十八歳」

「じゃあ、まじ大事な初夜だったんかね。婚前交渉とか、なくて不思議じゃねえ時代っていうか。見合いかな」

津多恵は小さく頷《うなず》く。たしか、見合いの席で、おとなしそうな女性だと思って、心惹かれたと言っていた。それは、見立て違いだったとも語った。

「何度も奥さんに言われて、その記憶違いを修正できなかったのが、悔しいって」

「で？　相方の方は何だって？　だんなの伝言聞いて」

「あははは と、口開けて笑って。そんな五十年以上も前のことを、って。それからすーっと涙を一筋流して。おとなしくてやさしい人だったそうです」

「人生、いろいろだなあ」

「はい。どんな思いを残しているか、それをだれに伝えたいのか、思いがけないことも……いろいろです」

しゃべりながら歩いていたら、少し息が切れた。山に登るわけでもないけれど、目指す道は、わずかに上っているようだった。いくぶん、歩みの速度を落とした恵介が、ついでのようなさりげなさを装って、

「そういやあ、今日みたいなのって……つまり、知ってるやつへの伝言って、初めて？」

と聞いた。

「まあ、あえて言えば、二度目、ですかね」

「じゃあ、最初は？」

「父ですけど」

「あ、そうだった。そもそもの始まりだもんな」

「はい」

「何年経ったっけ？」

「二年半、ですかね」

「親父さんとは、今、どんな感じなんだ？　あんまり帰ってねえだろ」

「ですね。でも、わたしがちゃんとした職についてないのがわかっていて、時々、送金してくれます」

　父から連絡が来ることはないが、二、三ヵ月に一度、五万円ずつ振り込んでくる。そんな時には、さすがにお礼の電話をしてみるが、たまには帰れと言うわけでもなし、そうか、受け取ったならそれでいい、と言われたきり会話が成立しなくなる。

「前から聞こうと思ってたけど、おふくろさん、あんたにどんな伝言、頼んだの？」

「勝ったのは、わたし」

「はあ？」

「そう伝えてって」

「意味わかんね」

　肩をすくめながらも、恵介は先を聞きたがっているようなそぶりだった。それも、津多恵の緊張をほぐすための、恵介なりの思いやりなのかもしれない。

「母は、不慮の死でした」

「事故死って言ったよな、たしか」

「はい。列車の脱線事故でした。突然のことで、父も最初は呆然としてました。でも、少し落ち着いてから、淡々と日常を暮らすだけで、新しい人を探すこともなく、多少の不自由をこらえながら、今も一人でいます」

「おふくろさんのことが、大事だったんじゃね？」

「それほどの濃い情愛は感じませんでしたけど、こればかりは……見合い結婚だったそうです。それを知ったのも母の死後でしたけど」

津多恵はぽつりぽつりと、母のことを恵介に話した。

見合いをしたのは母、香奈恵《かなえ》が三十歳の時で、父の雄三《ゆうぞう》は母より三歳上だった。その頃、男性の敬遠される外見として、チビ・デブ・ハゲという言葉がよく女たちの口にのぼっていたが、見合いのあと、香奈恵はあっけらかんとした調子で、「チビでもデブでもないけど、ハゲだったよ」と親しい友人に語ったという。たしかに、結婚式の写真を見ても雄三の額は、三十代にしてかなり後退しており、実年齢より四、五歳上に見られるのが常だった。

しかし、香奈恵は、無口で真面目《まじめ》そうなところに好感を持った。自分がおしゃべりな質なので、一家に二人のおしゃべりはいらないと思ったらしい。予想に違《たが》わず、可もなく不可もなしという新婚生活を経て、香奈恵は二年後に津多恵を宿すまで、従来どおり会社員生活を続け、妊娠を機に退職、津多恵が小学校の四年生になるまでは、専業主婦だった。津多恵は父に似たのか、おとなしい子で、問題を起こすこともなく成長したが、反面、親としては多少物足りなさも感じていたようだ。

とにもかくにも安定した生活に訪れた波紋。それを津多恵が、本当の意味で理解するのは、香奈恵の死後のことになるが。

それは、津多恵が中学二年になった夏休みのこと。一家は雄三の転勤で、東京から兵庫に引っ越したが、荷を片づけていた香奈恵は、雄三の蔵書の中に、手紙がはさまれているのを見つけてしまったのだ。

その手紙には、こんな言葉があった。

――おかしいでしょう。柏原芳恵の歌った「最愛」が流れて、人知れず泣きました。たぶん私は、その思いを抱いたまま、これからの人生を生きていくことでしょう。あなたのことは、だれにも言わない。あなたも話さないでいて、私のことは、だれにも話さないでいて。二人だけの記憶の底に互いの名前を沈めましょう。でも、何十年か後、死の最後の瞬間、私が思い浮かべるのは、間違いなく、あなたなのです。

差出人の名前は、尾崎真帆美《おざきまほみ》。ファーストネームの字面に見覚えがあって、香奈恵は、雄三の年賀状を探した。名字は違っていたが、同じ筆跡のものが見つかった。

「つきあいが続いてた？　親父さんって、あんた似なんだろ？」

恵介が驚いた顔を見せた。

「違いますよ。わたしが父に似ているということです。順番からいえば」

「で、どうだったんだよ」

「それは、わかりません。ただ、その時から、これまで見ていた父が、別の男に見えたそうです。それからしばらくの間、母は急に口数が少なくなって、食卓からは会話……というか、話し声というべきでしょうね。それまで、話す言葉の八割は母が発したものでしたから。話し声が消えて。わたしでも気がつくくらい、妙な緊張感が家の中を支配して。それに、母は少しだけ着飾るようになりました」

「男作ったとか？」

「それはつまり、意趣返しに浮気でもしてやろうと思ったのかって？　全然。母によれば、対抗する女の存在によって、初めて、恋をしたのかもしれない、と」

「へえ？　女ってのは、わからねえなあ」

「もちろん、もともと明るい人でしたから、ほどなくおしゃべりないつもどおりの母に戻りました。子ども……つまり、わたしへの手前、ということもあったのかもしれません。でも、実際には、母の屈託は消えることはなかった。亡くなるその日まで、父に対してわだかまりを残していたんです」

「それで？」

「ある朝、父が出勤する前に、ささいな諍《いさか》いから、つい尾崎真帆美の名を、母が口にしてしまったんです。その時、父はきょとんとして、母が何を言っているのかわからない、という顔をしたようです。それで、悟ったんだそうです。父にとって、真帆美という人は、とっくに過去のことになっていたのだと。母は、その日、出かけました。そして、事故に遭いました」

「…………」

「着いたみたいですね。湯島美幸《ゆしまみゆき》さんの勤め先」

津多恵は立ち止まった。ガラスの引き戸に、ピンクの文字で、芦原《あしはら》鍼灸整骨院と書かれていた。

「みたいだな」

「あの、今日の格好、派手すぎませんか」

化粧はいつもより、少し濃い。ガラス戸に映った津多恵は、ふんわりとした花柄のミニスカートを指でつまんだ。トップスはゆるっとしたニットで襟《えり》ぐりが広く袖《そで》は長めだ。髪はほどいてゆるやかにカールさせている。

「会うのは同世代の女なんだろ。少しは飾らなきゃ、負けるぞ」

勝つも負けるもないとぶつぶつ反論しながら、出かける前に、恵介が言った言葉を思い起こす。――テーマは大人ガーリーの読《ど》モ風。「読モ」という言葉がわからずに、ぼうっとしていると、読者モデルのことだと教えられ、同時に頭をはたかれた。美容室に出入りしているのだから、それぐらい理解しろ、ということらしい。と言われても、読者モデルという存在も、何だかよくわからないと思ったが、その疑問は口にしないで飲み込んだ。

津多恵が鍼灸整骨院のドアを開けると、

「すみません、午後は三時からなんですが」

という声とともに、若い女が顔を見せた。唇がぽってり厚く肉感的で、目は少し吊り目。間違いない。湯島美幸だった。この鍼灸院のユニフォームなのだろう、ブルーの医務衣を着ている。そのすぐ後ろから、同じ服の男が現れた。大柄で口ひげを生やしている。年の頃は三十ぐらいだろうか。医務衣のポケットに、芦原大輝《だいき》という名札をつけている。院長だろうか。それにしては、若すぎるようにも思える。

「電話くれた人ですね」

と、大輝が津多恵に笑いかけた。

「はい。あの、湯島美幸さんをお訪ねしたいと、午前中に」

「何それ。あたし、聞いてませんよぉ」

「おれが受けたんだよ。なんか美幸に大切な話があるというから、湯島なら、本日は一日おりますって答えておいた」

「どうしてあたしに伝えてくれなかったんですか」

「いいじゃないか。どうせいるんだから。それにしても、電話の声のイメージより、ずいぶん華やかだな」

　大輝は津多恵に笑いかけた。美幸は、軽く舌打ちをしてから、

「湯島美幸はわたしだけど、あなたは？」

と、言った。視線が合う。九年経っているが、美幸は中学生の頃の面影をしっかり残していた。けれど、津多恵のことは、まったくわからないようだった。もし、すっぴんだったらあるいは思い出したろうか。

　津多恵は、名刺を出した。

「ことづて屋？　サンモン……じゃない。なんか、知ってるこの名前。ヤマトツタエ……だよね。あなた、山門津多恵？　わたしと中学が一緒だった。わたしのこと、わかる？」

　同姓同名の別人ですと言ってみたいが、かなり珍しい名前だし、もともと嘘は得意でない。しかたなしに、

「はい」

と答えて頷《うなず》く。

「あたしたち、友だちだったよね！　けど、なんか雰囲気、すごく変わったんじゃない？」

声が弾《はず》んでいる。津多恵はいくぶん決まり悪そうな顔で、後ろに立つ恵介を振り返った。

「まさか、カレ？」

と美幸が聞いた。

「違いますよ。同僚」

恵介が愛想よく言った。

「あの、実は、湯島さんに言伝てが……」

津多恵が口を開きかけた時だった。

「そんなところで立ち話してないで、中、入ってもらったら？　それにしても、美幸ちゃんに、こんな美人の友だちがいたとはねえ」

大輝がにやにや笑いながらそう言うと、津多恵の全身を眺め回してから、唇のあたりで視線を止める。再び、きつい目で大輝を見た美幸は、大輝の足を踏みつけた。大輝が微《かす》かに顔を顰《しか》める。

「ねえ、悪いけど、少しあとでいいかな。三時に予約客が来るの。この道、右に行くと交差点があって、その向かいにムジークって喫茶店があるから、そこで待っててくれる？」

「わかりました。では、お待ちしてます」

津多恵は軽く頭を下げると、ドアの外に出て歩き出したが、すぐに恵介が襟首をつかむ。

「おい、右って言ってたろ」

「あれ？」

「まったく、右も左もわかんねえのかよ」

恵介は、鼻で笑うと一歩前に出て先を歩く。目指す喫茶店はすぐに見つかった。ベージュの壁に、調度は焦げ茶で、店内全体が珈琲色だ。四人がけのテーブルが四つと、カウンター席だけの小さな店で、客は、カウンターに老人が一人と、入り口に近いテーブル席に中年女性の二人組がいるだけだった。控えめな音量で流れていたのは、モーツァルトの『レクイエム』だった。今、「レコルダーレ」だから、もしかしたら、二時四十六分からこの曲をかけているのかもしれない。

「ああ、今日は十一日ですね」

津多恵がつぶやくと、恵介がきょとんとした顔をする。

「レクイエムですよ」

と言いながら、一番奥まった席に座る。水を持ってきたマスターが、少し切なそうに笑った。

「あれから、毎月十一日は、この曲をかけてます」

恵介が、ブレンド二つと、勝手に注文する。マスターは、軽く頭を下げてカウンターの中に戻っていった。

「予約客って、鍼灸師なのかよ、彼女」

「おばあさんからは、受付事務の仕事をしてるって聞きましたけれど」

「あの二人、できてるな」

「え？　そうですか？」

「あんた、そういうのは、とことん鈍いな」

と、恵介が呆《あき》れ顔で言ったところに、美幸が、勢いよくドアを開けて入ってきた。

「ごめんね。待たせて」

向かい合わせに座っていた恵介が立ち上がり、津多恵の隣に移動すると、恵介が座っていた場所に美幸は腰を下ろした。

「予約というのは？」

「ああ、あれは、カレ……若先生の予約。さっきの人、院長の息子なんだ」

「湯島さんは、お仕事、大丈夫なんですか？」

「平気。夕方まではわりと暇なの」

美幸は、カウンターのマスターに向かって、エスプレッソを注文すると、まじまじと津ね」

多恵を見つめた。

「けど、ほんと、懐かしいなあ。あたしたち、けっこう仲よかったよね。二年で同じクラスになって、席が近かったでしょ。で、あたしが、同じグループに入れてあげたんだよね」

グループにいながらシカトしたり、時には強請《ゆす》ったりしたことを、仲がよかったというとは、知らなかったと、密かに津多恵は思った。津多恵の認識では、あれはいじめられていたというべきかと思っていたが、美幸にとっては、単にいじりだったというわけだろうか。

「急に大阪に転校しちゃったじゃない？」

「兵庫ですけど」

「同じようなもんでしょ。けどさ、ほんと変わった。びっくりだよ。すっかりきれいになっちゃって。ねえ、この子ねえ、ださいっていうか、冴えない子だったんだよ。あの頃はさ、あたしが津多恵と一緒にいるのは、自分の引き立て役にしてるんだとかって、陰口言われてたみたいだけど、そんなつもりなかったし」

と、美幸は恵介に話しかけた。どうやら美幸は、都合の悪いことはすっかり忘れているようだ。恵介はと言えば、

「ええ？　そうなのかあ」

と、わざとらしく驚いてみせる。足を踏んづけてやりたい、と津多恵は心の中で毒づく。

「大輝のやつ、なめるように見て。あのすけべ。ほんと、腹立つ」

「ふーん、じゃあ、今来てる患者は男だな。それともばあさんとか」

美幸は恵介を軽く睨《にら》んだ。

「大迫さん、本題に入りたいんですけど」

「そういえば、伝言がどうのって」

「あなたのおばあさまの、湯島華子《はなこ》さんからの伝言を承っています」

「ばあちゃんの？　けど、ばあちゃん、死んだけど」

「はい。存じ上げてます」

「あんた、ばあちゃんの知り合い？　生前に、あたしに全部遺産譲るって遺言状書いてたとか？　まさかね。そんなんだったら嬉しいけどさ」

「残念ながら」

「その前に、お伝え料」

と恵介が口をはさむ。津多恵は、小さく頷いた。

「おばあさまは、孫の美幸さんに、どうしても伝えてほしいことがあるとのことです。おばあさまは、あなたのお母さま、つまりご自分の娘とは、折り合いが悪かったようですね」

「あたし、中学ん時、そんなこと言った？」

「まさか。お家の話はなさらなかったと思いますし、お父さんが婿養子だったなんてことも、知りませんでしたよ」

「じゃあ、だれから聞いたの？」

「おばあさまから」

「いつ？」

「五日前です」

「何言ってんの？　ばあちゃん死んだの、二月《ふたつき》前だよ」

「はい」

　一瞬、美幸の顔から血の気が引いた。

「あんた、ほんとに、津多恵？」

「はい。中二の六月の運動会のあとで、あなたに三千円巻き上げられた山門津多恵です」

　美幸の顔が今度は赤くなった。

「あたしさ、オカルトとか、信じてないし」

「わたしもですよ。湯島さん」

　津多恵はさらりと言った。

「あのさ、この人、死者の声だけ聞こえるんだよ。というか、死者に依頼されるんだ。今回は、君のおばあさんからの伝言。どうしてもあんたに伝えたいことがあるんだって。けれど、おれたち、ボランティアじゃないから、お伝え料をもらわなくちゃならない」

「そういえば……」

と言いかけて、美幸は、先刻津多恵が渡した名刺を取り出す。

「……ことづて屋、ねえ。ふーん。そんな商売、あるんだ」

「おれたちのほかにいるって話は聞いたことないけどね」

恵介が笑った。

「一万円から、か。まあ、詐欺にしてはしょぼいね。いいよ、聞いてあげるよ」

美幸は、財布から一万円札一枚と千円札を三枚取り出す。

「悪いけど、利子は勘弁ね。あそこ、そんなに時給高くないし」

恵介が受け取り、一万円だけを巾着《きんちゃく》に入れると、三千円は津多恵に渡した。

「では、始めたいと思います。……美幸、わたしは、あんたの花嫁姿を見るのが長年の夢だった。何しろ、美智子《みちこ》の時があんなだったから。美智子とも、ずっと会っていないんだろう？」

「なんで、あんたが親の名前知ってんの？」

「わたしが知っているのではなく、おばあさまの言葉ですから。……なんとか、おまえたち母娘《おやこ》だけでも、いい関係でいてほしいと願っていたけれど、元はといえば、全部わたしのせいなのかもしれない。わたしが美智子に厳しくしすぎたから。ずっと長い間、あの子はわたしに会いになんか来やしなかったけど、美智子は、子どもの頃は、それはいい子で、反抗一つしないでわたしの期待に応えてくれていたんだよ。わたしは、女手一つであの子を育てたからこそ、まっとうな社会人になってほしかった。後ろ指を指されるような子にはなってほしくなかった。それが、あんたの母さんには重荷だったたんだね」

「だからって、パパみたいな男とくっつくことないのにな」

ぽつりと美幸がつぶやいた。

「美智子が、大きなお腹をして、あんたの父親と現れた時、裏切られたと思って、わたしはひどく美智子を詰《なじ》ってしまった」

「でき婚か」

と恵介。

「悪かったわね」

「悪かねえよ」

「けど……その男って、母親より二十以上年上で、しかも、ろくでなし」

と、美幸は唇の端をゆがめて笑った。

「続けますね。……ああなっては、今さら反対してもしかたがなかった。あんたの父親は、すれっからしの中年男で、ろくな仕事もしてなくて、婿養子という条件に、ほいほいと乗ってきた。たぶん、この家屋敷を値踏みしたんだろうね。けれど、あんたの両親は長続きしなかった。美智子は、あんたをわたしのところに置き去りにして、別の男に走った。あんたの父は、慰謝料をわたしに請求してきた。わたしは少しまとまった金を渡して、離婚させた。あれはたしか、あんたが十歳の時だったね。感じやすい年頃だというのに、本当にあんたが不憫《ふびん》だった。それから二年、美智子よりもずいぶん年かさの男があんたを迎えにきて、東京に行ってしまった。あんたは、美智子よりもわたしに年齢が近いような男を父とも呼べずに、居心地の悪い思いをしていたようだったね」

美幸は、思い出したくない過去をえぐられたという風に、津多恵を睨《にら》みつけた。その目を真っ直ぐに見返して、津多恵は言葉を続ける。

「そんなお母さんを、恨む気持ちは、よーくわかるよ。けれど、もともとの原因を作ったのは、わたしなんだよ。そこをあんたにもわかってほしいの」

「違う！　結局、あいつは、自分がばかだったんだよ。だってさ、あたしだって、別にできがいいわけでもないけどさ、二十歳を過ぎたら、自分の責任って思ってる」

「へえ、案外しっかりしてるじゃないか」

と恵介が少し感心したように言った。津多恵も、つい頷いてしまった。苦手意識しかなかったけれど、考えてみれば、あの頃の美幸のことなど、何も知らなかった。こうして改めて知ってみると、中学時代の美幸は、決して幸せな子どもではなかったのだ。

「まあ、あたしだって、そんなに割り切れないから、いまだに……」

美幸はうつむいて唇をかんだ。

「ねえ、津多恵、あんた整形したの？」

「いえ」

「だよね。なんかずるいよ。そんなにきれいになっちゃって。冴えない子だったのにさあ」

「今でも冴えないですよ」

「そういうのって、嫌味なんだよ。で、今のだけど、本当に、ばあちゃんが言った言葉、なの？」

「嘘じゃねえ。今聞いた話で、この人が知ってるはずのないこと、あったろ？」

恵介の口調はいつになくやさしい。

「たしかにね。そっか、津多恵、超能力持ったんだ。それで、自分に自信が出てきたとか」

「あの、わたしのことは、ともかく、続けていいですか」

「ごめん。いいよ、続けて」

「美智子が男をしょっちゅう替えるおかげで、あんたはどこか男の人を信じられなくなっているんじゃないかと、わたしは心配しているの」

「母親が、ろくでもない男ばっかり連れてきたら、男なんて信じられなくなって当たり前だよ」

「美智子はね、いつも男の人に父親像を求めていた。年上で落ち着いていて男らしい男」

「それが見かけ倒しで、マッチョなDV男だったりしてるんだから」

「でも、世の中、そんな男ばかりじゃないから。そうそう疑いの目を差し向けないで、ちゃんと相手の思いを受け止めなさい」

「なんか、会話がかみ合ってる……」

と、恵介がつぶやいた。ふっと我に返ったように、美幸は笑いだし、それから顔をゆがめた。目が潤んできて、瞬《まばた》きを繰り返している。

「……美幸、あんたに頼みがあるの。美智子に、あんたのお母さんに、伝えてほしいことがあるの」

「伝えてって、何を？」

「自分を幸せにするのも不幸にするのもあなた自身よ。自分自身のために、幸せになりなさい。……このことを、あんたから、美智子に伝えて、お願いよ。……以上です」

津多恵は、ふっと息を吐くと、美幸に向かって一礼した。

「幸せになりなさい、か。それ、あたしに言ってよ」

「ばあさんが気にかけてたの、おふくろさんだけじゃない。あんたのことも、だろ」

「わかってる。そんなこと。……あたし、母親との折り合い悪かったたし、あいつの男はろくでなしばっかりだったから、十八で家出てから、ずっと帰ってないんだ。ばあちゃんには助けられたよ。母親には厳しかったらしいけど、あたしにはほんと、よくしてくれたんだ。あたしにとっての実家って、ばあちゃんとこだった。それなのに、突然死んじゃうんだもの。まだ、七十だよ」

「そりゃあ、たしかに、まだ若いよなあ」

恵介の声が、少ししんみりしたものになった。それが、伝染したのか、美幸の口調も湿気を帯びる。

「そのせいでさ、お葬式で母親とも久しぶりに顔合わせるはめになっちゃったけどね」

「どんなだったんだ？　おふくろさんは」

「けっこうてきぱき仕切ってた。いちおう喪主だったたし。黒い着物も、自分で着たみたい。けど、ほとんど口もきかなかったよ。ただ、お通夜の時は、遺影に向かって、この人は孫のことはかわいがったけど、わたしには厳しく接するだけだった、とか詰《なじ》ってたけど」

「あんたは、何も言われなかったのか？　久しぶりに顔合わせたんだろ」

「外聞が悪いから、時々戻って来いとかって。何それ、外聞だよ、外聞。だれが帰ってなんかやるもんか、って思ったよ」

「じゃあ、ばあさんの伝言、どうするんだ」

美幸は唇を噛みしめて、しばらく黙りこくっていた。津多恵がカップを手にとって、少し音を立てて、コーヒーを飲む。気がつくと、音楽はすっかり明るく澄んだ弦楽曲に変わっている。モーツァルトのセレナードの一三番だ。

「あ、これなら、おれも聞いたことある。アイネクライネ何とかだよな」

「まあ、とても有名な曲ですから。ケッヘル五二五」

趣味に乏しい津多恵の父の、数少ない趣味がクラシックレコードの蒐集《しゅうしゅう》だ。

「ミスマッチだよなあ。あんたとクラシックの知識」

「せめて、意外性と言ってください」

恵介と津多恵のやりとりに、美幸がくすりと笑った。それから、肩をすくめて、

「伝えりゃいいんでしょ。ばあちゃんの頼み、無視するつもりはないよ」

と言うと、スマホを取り出して、操作する。

「あ、あの、あたし。美幸だけど。……葬式の時、言い忘れたんだけどさ、ばあちゃんからの伝言があるんだ。……うん、前に聞いてた。もしかして、なんか、予感があったのかな、なんて。だからあ、機会があったら、あんたに伝えてくれって、そう言ってたの！　言うよ。……えーとね、自分のために、幸せになりなさいって、ばあちゃん、そう言ってたから。……えっ？　よく聞こえない。……しょうがないじゃん、母親なんだもん。……うん、わかってるよ。年末には帰るから。じゃあね」

美幸が電話を切って、スマホをテーブルの上に置く。

「おふくろさんだったんだ」

「あいつ、なんて言ったと思う？　ばあちゃんのこと。最後まで命令形か、だって。幸せになって、じゃなくて、なりなさいだもんね。それに、今さらそんなこと言われたってって。けど……ちょっと泣いてた」

涙のわけは、そんなに単純ではないだろう。けれども、母親を泣いてたと語る美幸の目にもうっすらと涙が浮かんで、母子三代の緊張関係が、ほんの少し緩んだのかもしれないと津多恵は思った。

「本当は、ばあちゃんさ、あたしとママがうまくいってないこと、ずっと気にしてたんだよね。ほら、虐待とかってさ、連鎖するじゃん。うちはそういうんじゃなかったけど……」

「じゃあ……」

お母さんと、和解できそうですか、とまで言ったら、言いすぎになるだろう。

「一万円か。安くない買い物だなあ。でも、買ってよかった。ありがと」

美幸は、からっとした笑顔を津多恵に向けた。

「わたしも、お伝えできてよかったです」

「案ずるより産むが易《やす》しってとこか、今回も」

恵介がつぶやいた。

「……会いたく、なかったんだね。あたしと」

すぐに言葉が返せなかった。こんな時、うまく嘘をつけたらいいと思うのだが、と逡《しゅん》巡《じゅん》していると恵介が口を開く。

「そうじゃない。昔なじみだろ。どう信じてくれるか、気にしてたんだよ。何しろ、降って湧いたように、妙な能力身につけてから、まだ三年にもなんねえし」

「あんた、津多恵のこと、よくわかってるんだね」

美幸は、目を細めて恵介を見た。

「だって、おれも、あんたと同じ立場だったから」

「えっ？」

「おれのさ、死んだ恋人の伝言、持ってきたの。結婚するつもりで、半分同棲してた相手だったけど、治らない病気と知って、突然姿を消しちゃってさ」

「…………」

「彼女、こいつに嘘つかせたんだよね。おれのことが鬱陶《うっとう》しくなったとか、新しい恋人ができたとか。でも、嘘つき通せなかったけど。おれ、津多恵が来た時、彼女が死んだこと、知ってたから」

「やさしい人だったんだね、あんたの彼女」

「そうだな。それでも、おれは、できるならば、看取《みと》ってやりたかったよ。最後まで」

「苦しむのを見たくなかったんだよ。それとも、一番きれいだった自分を覚えていてほしかったのかな。だけどさ、やっぱ、わかってほしかったんだよね、きっと。自分がほんとに、あんたのこと、心から好きだったたって」

「わたしもそう思ってます。嘘を、通しきれなかったこと、その結末は彼女の願いだったのではないか、と」

「結局は、彼女の言伝ても、幸せになりなさい、だったのかな」

「なんか、染みるねえ」

と美幸がつぶやく。振り返ってみれば、死者が遺《のこ》すメッセージの多くは、語る言葉は様々であっても、同じことなのではないか、と津多恵は思った。

ふいに、テーブルのスマホが着信を告げる。手にとった美幸は、はっとして、慌てて電話に出た。

「話？　終わったとこです。……来るって？　すぐ戻りますよ！　もう！」

再びスマホをテーブルに置いた美幸がふーっと息を吐いた。

「どうかしました？」

「芦原先生。治療が終わったとこだから、ここに来るって。津多恵の顔見たいんだよ。まったく。女好きで、やんなる」

「好きなんですね、あの方のこと。おつきあいしているんでしょう？」

　美幸は顔を赤らめた。

「いちおう。けど、ほんと、女好きで。だれかれとなく愛想振りまくし」

「患者さんに嫉妬したらだめですよ。来るって言ったのは、あなたが心配だからでは？」

「けど……。あたし、あんたみたいにきれいじゃないし。ほんと、変わったよね、津多恵」

「わたし、きれいじゃないですよ、ちっとも。お化粧で化けてるだけだから」

「無理だよ。いくらなんでも、メイクだけでそんなになれない」

「大迫さん、わたし、お化粧、落としてきます」

　津多恵は立ち上がると、恵介もいったん立たせて、化粧室に向かった。

　鏡に映った顔。自分の顔であってそうでない。この仮面をはがした顔を見たら、美幸はなんと言うだろうか。少し乱暴にクレンジングシートで顔を拭っていく。恵介に見られたらどやされるにちがいない。それにしても、今日はずいぶんしっかりと顔を作っていたのだなあ、と改めて思った。

　店のドアが開く音が聞こえた。大輝が入ってきたのだろう。

「あれ？　友だちは？」

という声が耳に届く。

「まったく、きれいな人見ると、すぐいい顔しようとして。大丈夫なんですか、院長だけで」

　相手を詰りながらも、少し甘えるような美幸の声に、

「五時まで予約ないし。深刻な話だったら、いた方がいいだろって思ったんだよ」

と大輝が答える。

「話はもう終わったって言ったのに」

　大輝が気にしているのは、自分ではない。恵介なのではないだろうか。何であれ、素顔をさらすことで、少しでも美幸に自信と安心を与えられるならば……。

　幸せになりなさい。この言葉は、先刻、恵介が言ったように、美幸に向けられた言葉でもあったのだから。

　津多恵は鏡の中の自分を見る。そばかすの多い肌、小さめでぼんやりとした目、短いまつげ、輪郭のはっきりしない血色の悪い唇。狭い額、のっぺりとした顔。でも、これが本来の自分の顔なのだ。――わたしは、変わってない。

　すっかり化粧を落としてから席に戻ると、さすがに、美幸はぽかんとした顔で津多恵を見た。

「まじ？　化けたなあ」

と大輝が感嘆の声を上げる。大輝は、美幸の隣に並んでいるが、二人は体をぴったりと寄

せている。大輝の手は、自然に美幸の太腿《ふともも》の上に置かれていた。

「……面影、ある。たしかに、津多恵だね。整形疑惑、撤回するよ」

津多恵はくすりと笑った。

「化けてるんです。いつも。本来のわたしは、中学のままですよ。地味で人が苦手で、不器用で……」

「けど、そのメイクテク、伝授してほしい」

「わたしにはできません」

と、ちらっと恵介を見る。

「素顔で伝えるの、きついんだ。だからおれがメイクしてるの」

「ええ？　あのメイクを」

「いちおうプロなんで。本業は美容師」

「そうだったんだ」

「大迫さん、そろそろ戻らないと」

津多恵はちらっと時計を見た。

「ちょっと待て。いくらなんでも、その格好に、まったくのすっぴんはねえだろ。電車乗るし」

と手を出すので、バッグから携帯用のメイクパレットを取り出して渡す。恵介は津多恵の頭を押さえつけると、素早く眉を描いて、アイラインを引く。それからリップライナーで唇の輪郭をなぞり、さっと口紅を塗る。それだけで、津多恵の印象はずいぶん変わった。

「すごい。アイブロウとアイラインと口紅だけで、全然違う」

「美幸ちゃんも、やってもらう?」

と聞いてから、津多恵はちらっと大輝を見る。大輝は一瞬、不安げに恵介に目を向け、それから美幸に視線を戻す。

「うーん、いい。やめとく。たぶん、それ、あたしじゃないから」

「じゃあ、そろそろ」

と、まず津多恵が立ち上がった。伝票をさっと奪ったのは大輝だった。

「美幸が世話になったみたいだから、ここはいいよ」

「別に世話になってなんか……」

「すっきりした顔してるぞ」

大輝の言葉に、すかさず、恵介が答えた。

「じゃあ、ごちそうになります」

店の外に出てから、二組の男女は軽く挨拶を交わして、左右に別れた。

「お疲れ」

「美幸さん、電話のあと、お母さんの話する時、ママって一度言いましたよね。久しぶりに口にしたんでしょうね」

「かもな。で、あんたも、美幸ちゃん、って一度呼んだの、自覚あった?」

「ええ?　そうですか?」

くすりと恵介が笑った。

「ほんの一瞬、中学生に戻ったんじゃね?」

「かもしれませんね。九年ぶりに……」

「そんなにいやなことばっかでも、なかったんじゃないかな」

「そうですね。今は、そう思えます」

たぶん、楽しいこともあったのだ。そして、美幸は津多恵との関係においても、楽しいことを中心に記憶していたのかもしれない。だからといって、今なお、美幸に親しみを感じるかといえば、首を横に振るしかないのだが。

「津多恵!」

ふいに、大声で名前を呼ばれて立ち止まる。振り向くと、美幸が走ってくる。

「どうしました?　美幸さん」

「言い忘れた」

津多恵は、微《かす》かに首を傾《かし》げて、美幸の言葉を待つ。

「やっぱり津多恵、変わったよ。それに、なんていうのか、昔の津多恵って、そんな風に、正面から相手の目を見ること、しなかったよね。悔しいけど、あんた、ほんとにきれいになったと思う。化粧してなくたって、そう思う」

「………」

「じゃあね。あんたも、幸せになんなよ！」

それだけ言うと、津多恵の返答も待たずに、美幸はかけ去った。


再び、恵介と並んで駅に向かって歩き出す。また、あらぬ方向に歩き出そうとした津多恵の腕を引っ張りながら、恵介が言った。

「半分ぐらいは同意できる」

半分というのが、どの部分かは、聞かないことにした。ただ、いつしか化けて粧《よそお》うことに、それほどの息苦しさを感じなくなっている。そして、言伝てが終わったあとの、疲労感は、ずいぶん和らいでいる。それが、この口の悪い男がいてくれるからであることは、認めざるを得ない。

「彼女、本当に正月に帰ると思うか？」

「はい」

「子は親を選べないけど、親子の縁切るとかって、そんなに簡単にはできねえよな」

そういえば、恵介は親の話をあまりしない。

「縁を切りたいって思ったこと、あるんですか」

「ねえよ。ただ、あんたのお供して、いろんな人生見てて思っただけだよ」

「大迫さんのご両親は、どんな方なんですか」

「普通。あんまり怒られたこともないし、親子げんかも、覚えがないなあ。けど、親父に腹が立ったことは何度かある」

「どんなことで？」

「最近で言えば、あんたが現れる少し前、レインに移ったばかりの頃、一度だけ夫婦で店に来たんだよ。ご挨拶とかって。女装の怜さん見た時、顔を顰《しか》めやがって」

恵介は、その時のことを思い出したのか、軽く舌打ちした。

「お母さんは？」

「きれいな人ねって言った。まあ、親父も、あとから、何か言ったわけじゃねえけど」

「信頼してるんじゃないですか？　息子のことを」

「どうかな。まあ、家を出るっちゃ、好きにしろって感じで、戻ることにしたって言えば、受け入れてくれる。放任ってのか、寛容ってのか。けどたぶん、親父は、美容師になるの、内心では反対だったんだろうと思う。男の仕事じゃないみたいな？　口にはしなかったけど」

「髪を切ってあげればいいのに」

「だな。年末にでも。あんたも、たまには帰ったらどうだ」

「そうですね。年末にでも」

恵介は、乾いた笑い声をたてた。

「行きの続きだけど、結局、おふくろさんは、心のわだかまりが解けたことを伝えられないまま、列車事故に遭ったってことだろ」

「ですね。父は、あまりお酒は飲まない人なんですが、その分、甘いものが好きだったんです。母は、事故に遭う日の朝、出かける父に、いってらっしゃいとも言わなかったことが、ずっと心残りだったそうです。それで、父にこんなことを伝えてほしいと」

「勝ったのはわたし、だけじゃなく？」

「はい。……あの日、あのあと、用事で尼崎《あまがさき》まで出かける予定だったんだけど、帰りに阪神の本髙砂屋《ほんたかさごや》で、あなたの好きなきんつばでも買って帰ろうって思ってたのよ」

「それも、親父さん、信じなかったんだ」

「そこのところは、わたしの作り話だと。でも、父に聞いてみたんです。その、手紙の主の、真帆美という人のこと。そうしたら、こんな風に。……そうだなあ。完全に忘れていたといえば、嘘になる。が、ほとんど思い出すこともなかった。そういえば、母さんが亡くなった翌年から、年賀状も来なくなった、と。もちろん、結婚してから会ったことなど、一度もない、ということでした。『最愛』という歌も、知らないそうです。というのか、流行歌なんぞ知らん、と」

「あんたは、知ってるのか？」

「母に聞きました。中島みゆきの作詞作曲で、こんな歌詞があるそうです」

津多恵は小さな声で歌った。

二番目に好きな人　三番目好きな人
その人なりに愛せるでしょう
でも　一番に好きだったのは
わたし誰にも言わないけど
死ぬまで貴方

「なんかすげえ、情念濃いっていうか、怖いなあ」

自分の夫のことを、だれか知らない人が、一番好きだったのはあなただったと思い続けている。世の妻たちは、そんなことを想像してみることがあるのだろうか。人の心は移ろいやすいものなのだから、尾崎真帆美が、今もその情念なるものを持ち続けているかわからない。そもそも、真帆美の語ったこと自体がフィクションかもしれない。年賀状の名字が違っていたというから、結婚もしているわけだ。案外、あっけらかんと幸福に暮らしているということだってありうる。

ただ、母が亡くなる二年前に、真帆美の手紙が、津多恵の両親の間に不穏な緊張をもたらしたのは間違いない。

「あとから思い出したのですが、母が、父宛ての年賀状を、じっと見つめていたことがありました」

「親父さんは、その相手に年賀状出してたの？」

「いえ。結婚してからは、出してなかったようです」

「じゃあ、その相手の女、なんでおふくろさんが亡くなったことを？」

「新聞にも乗りましたから。列車事故の死者の名は」

真帆美が、津多恵の母の死以降、年賀状を寄越さなくなったのはなぜだろう。密かに張り合う存在を失ったからだろうか。男女の間の情は、自分にはよくわからない。カレシいない歴イコール実年齢の津多恵は、いまだに恋愛を知らない。

けれど、仮に、真帆美が父を思い続けていたとして、いや、そうであろうとなかろうと、死してなお、父への伝言を娘に託さずにいられなかった母もまた、恵介に言わせれば、情念濃い、ということにならないだろうか。そんな母の中の「女」なんぞ、意識したことはなかったけれど。母は母でしかなく、そのことがありがたかったのだから。その母ももういない。

「同じだよな」

「何がですか？」

「死者の言葉。多くの場合、幸せになりなさい、ってことに集約されるんじゃね？」

「そうですね」

「おれ、思うんだけど。おふくろさん、たしかに親父さんへの伝言、頼むためだったんだろうけど、もしかしたら、あんたのことも気がかりだったんじゃないのかね」

　頷くことはできなかった。でも、否定もできない。ただ、あれから幾たび、母の声を懐かしんだろう。その後は、思いもよらない展開を迎えることになったわけだけれど。そして、そのせいで、ずいぶんと人間について考えるようになってしまった。そのおかげで、今、この道を歩いている。

「遺《のこ》されたものの幸せこそが、ほんとの鎮魂《ちんこん》なのかもな」

　津多恵は今度はしっかりと頷いた。「安息を」が原義のレクイエムというミサ曲は、時に鎮魂曲と訳される。自分の仕事は、少しはその役に立っているのだろうか。

　なぜ自分だったのだろう。これはだれかの意志、あるいは遺志だったのか。いつか、その答えが得られる時が来るのだろうか。そう思っては思い悩み苦しんできた。いつか、解放されたいと思う。それでも、悪いことばかりでもないような気もする。もちろん、死者の声など聞きたくはないけれど。

うつむきかげんで歩いていた津多恵は、ふと顔を上げた。

「そろそろ駅ですね」

「なんでわかるんだ?」

恵介が目を丸くする。

「あのお店、見覚えがあります」

と津多恵は、黒い瓦屋根の店舗を指さす。老舗の和菓子屋のようだ。

「美幸さんから三千円返してもらったから、あそこで、怜さんのお土産に、おまんじゅうを買っていきましょう」

津多恵は恵介の腕を引っ張った。恵介は、ふっと笑うと、

「逆だろ」

と言いながら、つかまれた手を払うと、その手で津多恵の腕をつかみなおして引っ張った。

「道の向かいにある店に行くのに迷いませんよ、いくらなんでも」

少し頬を膨《ふく》らませた津多恵を、恵介はほんの一瞬まぶしそうに見たが、言葉には反応せずに、いくぶん足を速めて道を渡った。

# あとがき――伝えたい言葉を掬《すく》う

ぼんやりと道を歩きながら、言い残した言葉がどれほどあったろうか、と思ったのは、その日から一年以上経ってからのことだった。その日とは、二〇一一年三月十一日。東日本大震災は、東北地方を中心に大きな被害をもたらした。それは、戦争体験も持たず、高度経済成長期とともに大きくなり、また気候も比較的おだやかな関東平野で、大きな自然災害を経験することもなく、のんびりと暮らしてきた私にとっては、人生で最大級の衝撃だった。

あの当時思ったのは、何十年かの一生のうちで、大変な出来事を経験しないですますことなど、やはりできないのだ、ということ。そして、もう二度と今までの暮らしには戻れないのではないか、と感じていた。

余震に心を乱し、放射能の影に脅え、スーパーマーケットやコンビニからは物資がなくなり、計画停電で深い闇を味わった。生傷が剝《む》き出しになって潮風に当たっているようなひりひりとした痛みと、何ともいえない不安感の中にいた。

それでも、私の肉体は、痛くも苦しくもなかった。餓えることもなかった。身近に被災した人もいなかった。失われた命や、甚大な被害を思えば、何やら後ろめたい気持ちさえ抱いていた。

時とともに、大震災は少しずつ「過去」になっていった。私自身、何ともいいがたい不安感をいつしか忘れた。けれど、忘れてゆくことに、どこか割り切れない思いがあった。だからこそなのか、大震災に関わる物語を書くことに、ずっとこだわってきた。

私は、自分の死や死後のことを想像することがよくある。その想像の中で、己の死を俯《ふ》瞰《かん》しているのは、私が生きているからこそであって、実際に自らの死を見ることはできない。むろん、死んだ経験がないのでわからないけれども、少なくとも、死者と生者の往還はないと思っているから、生きている私にとっては、自分の死後は与《あずか》り知らぬことだ。

死への恐怖はあるが、人がやがて死ぬことは自明で、受け入れざるを得ない。それでも、人の死は時にあまりに理不尽に思われ、無念すぎるから、死者と出会う様々な物語が生まれるのかもしれない。とりわけ、突然命が断ちきられた場合は。「言い残した言葉」のことを考えながら、もしも、死者たちの最期のメッセージを届けることができたら、いくらかでも無念を掬うことができるのだろうか、という思いが、物語として形を見せはじめた。

死者の姿を見る＝視覚的に死者と遭遇するということには、私はどうしてもリアリティを持てない（もちろん、あまたある幽霊譚を含め、その種の物語を否定する気はまったくない)。けれど、声が聞こえてくるというのならば、自分の書く物語になりそうな気がした。そして、聞こえてきた死者の声を、伝えたい相手に届けるというストーリーが浮かんだ時、ほぼ同時に、主人公・津多恵《つたえ》の人物像は定まっていた。ふだんは、自分の物語に登場させる人物がどんな人間なのか、じっくりと他者を観察して見定めるように理解していく私にしては、珍しいことだった。

化けて装うという設定から、パートナーとなる恵介《けいすけ》の、「なかなかイケメンちょっと皮肉屋、メイクも上手な美容師」という姿も、すんなりと見えてきた。

『ことづて屋』に所収の六つの物語は、東日本大震災を直接描いたわけではなく、まったく関係ないエピソードの方が多い。しかし、大震災が起こらなかったら、この物語は生まれなかった。

三・一一は、その後の津多恵の人生も変えることになった。もしも、津多恵が恵介を訪ねたのが別の日だったら、二人が「ことづて屋」稼業をすることもなかったにちがいない。出来事を「過去」にし、時には忘れることも、生きていくには必要だけれど、震災とそれに続く原発事故には、まだまだ「過去」にはできない問題が山積している。そして、問題が残されているからこそ、物語の中に、記憶を想起させる風景を書き込んでいきたいという思いは、時間が経つにつれて、より大きいものになっている。

三・一一に限らず、「過去」になってしまった多くの出来事に思いを馳せながら、そしてまた、先に旅だった大切な人びとの姿を思い描きながら、生者と死者の理不尽な人生を愛おしみたいと思う。

二〇一五年二月

濱野京子

本書は、書き下ろしです。

ことづて屋《や》

濱野京子《はまのきょうこ》

2015年3月5日初版発行

発行者……………奥村 傳

発行所……………株式会社ポプラ社

〒160-8565 東京都新宿区大京町22-1

電話……………03-3357-2212(営業)

03-3357-2305(編集)

0120-666-553(お客様相談室)

ファックス……………03-3359-2359(ご注文)

振替……………00140-3-149271

フォーマットデザイン 荻窪裕司(bee's knees)

組版・校閲 株式会社鷗来堂

印刷・製本 凸版印刷株式会社

乱丁・落丁本は送料小社負担でお取り替えいたします。
ご面倒でも小社お客様相談室宛にご連絡ください。
受付時間は、月～金曜日、9時～17時です(ただし祝祭日は除く)。



ポプラ文庫ピュアフル

ホームページ http://www.webasta.jp/asta/



N.D.C.913/264p/15cm
ISBN978-4-591-14457-2

## ポプラ文庫ピュアフルの好評既刊

# 音がはじける、胸が熱くなる、
# 何度でも読みたい青春バンド小説の傑作

## 伊藤たかみ
## 『ぎぶそん』

装画：ゴツボ×リュウジ

中学2年、「ガンズ・アンド・ローゼズ」に心酔した少年ガクは、仲間を集めてバンドをはじめる。親友のマロと幼なじみのリリイ。それに、「ギブソンのフライングV」を持っていてギターがうまいと噂――の問題児たける。4人は次第に仲間になっていく。ガクとリリイの淡い恋、文化祭ライブ、14歳のできごとのひとつひとつが、多彩な音を響かせあう青春ストーリー。
第21回坪田譲治文学賞受賞作。

〈解説・橋本紡〉

瀬戸内海・因島を舞台に紡がれる
共感度100％の青春ストーリー

# 八東澄子
# 『明日につづくリズム』

装画：菅野裕美

瀬戸内海に浮かぶ因島。千波は、造船所で働く父親、明るく世話好きな母親、血のつながらない弟・大地と暮らす中学三年生。親友の恵と一緒に、同じ島出身の人気ロックバンド・ポルノグラフィティにあこがれている。島を出るか、残るか――高校受験を前に心悩ませていた頃、ある事件が起こり……。夢と現実の間で揺れ動きながら、おとなへの一歩を踏み出す少女を瑞々しく描いた感動作。

〈解説・湊かなえ〉

## ポプラ文庫ピュアフルの好評既刊

ベストセラー『頭のうちどころが悪かった熊の話』
著者の初期傑作、待望の文庫化

# 安東みきえ
# 『天のシーソー』

装画：酒井駒子

小学五年生のミオと妹ヒナコの毎日は、小さな驚きに満ちている。目かくし道で連れて行かれる別世界、町に住むマチンバとの攻防、転校してきた少年が抱えるほろ苦い秘密……不安と幸福、不思議と現実が隣り合わせるあわいの中で、少女たちはゆっくりと成長してゆく。一篇一篇が抱きしめたくなるような切なさとユーモアに満ちた珠玉の連作短編集。書き下ろし短編「明日への改札」を収録。

〈解説・梨木香歩〉

平和な五人家族に隠されてきた秘密をめぐるほのかに切ないハートフル・ストーリー

## 石井睦美『兄妹パズル』

装画：片山若子

父と母、美形で愛想のない長兄と、お調子者の次兄との五人家族。県立高校二年生・松本亜実の平穏な日常に、ある日事件が起こる。仲のよい下の兄貴・ジュン兄が突然いなくなったのだ。四日目、はがきが届いた。「思うところあってしばらく家を出ます　潤二」。理由のわからない家出に戸惑う最中、気になる同級生・清水とジュン兄との間に、思わぬ接点が浮かび上がって……。

ほんのり切なくて心温まる家族小説。

〈解説・大崎梢〉

どんなに離れても、ずっとずっと想ってる——。
せつなさに涙があふれる、深い愛の物語。

飯田雪子
『きみの呼ぶ声』

装画：くまおり純

高校の校舎の片隅で、「僕」はひとりぼっちの幽霊・真帆と静かな時間を過ごしていた。だが、転校生・はるかが現れたことで、その穏やかな場に変化が生じ始める。僕はなぜこんなにも孤独なのか、はるかは何のために僕たちに近づいたのか……謎めいたストーリーは、やがて思いがけないラストへ！　大切な人を想う、哀しいほどの愛の深さが心を揺さぶる感動の物語。文庫書き下ろし。

〝神さま〟のもとでアルバイト!?
笑いと涙、そして福をもたらす（かもしれない）物語

# 東朔水
# 『ひぐらし神社、営業中』

装画：さやか

勤めていたバーの店長が夜逃げして、突然仕事を失ったぼく。住んでいたアパートも取り壊されることになり、途方に暮れていたところ、町はずれの神社で、ある女性と出会う。彼女は、態度が大きく、口も悪いけれど、どこかチャーミング。そんな彼女は、この神社の〝神さま〟だという。ぼくは、願いごとのあるひとを連れてくるように言われて――

ユーモラスで心温まる物語、文庫オリジナルで登場！